マドンナメイト+

淫ら人妻研究員

桜井真琴

淫ら人妻研究員

第一章　キッチンで人妻を

1

消毒液の匂いがしたような気がして、三崎宗介(みさきそうすけ)は顔をしかめた。

気のせいなのはわかっている。

このところの病院通いで、少しナーバスになっているのだ。あまり考えないようにしているつもりでも、どうしても考えてしまう。

宗介は朝のテレビのニュースを見るのをやめ、水を飲もうとソファから立ち上がり、キッチンに向かう。

「ん？　どうしたの？」

シンク前で包丁を使っていた千夏(ちなつ)が、振り向いた。

(ああ、キレイだ……)

改めてその横顔に、宗介はときめいた。

真辺(まなべ)千夏は、打出(うちで)製薬の研究員で、三十二歳の人妻である。

フリーライターの宗介が取材中に出会い、同じような境遇であったために意気投合し、何度か飲みに出かけるようになってから数カ月でこうした不貞の関係を持つにいたったのだ。

もちろん最初は拒まれたが、宗介は何度も口説いた。

そうして今は旦那不在を狙って、千夏の家に定期的に泊まりに来るような関係にいたったのだった。

彼女は後ろ髪をシニヨンでまとめていた。

少し汗をかいたのか、うなじに細い毛が貼り付いている。

長袖のTシャツに細いデニムという地味な格好ながら、腰のくびれからデニムをパンパンに張りつめさせている尻の丸みにそそられる。

たまらずグラスを置き、千夏の背後にぴたり寄り添う。

黒髪から女の甘い匂いが漂った。

Tシャツの背にうっすらとブラジャーのラインが浮いている。艶めかしい背中のラインや豊かな腰つきも人妻らしい色っぽさだ。

睫毛の長い切れ長の目に、高い鼻筋と薄い上品な唇。

端正な目鼻立ちで、こうして何かに集中している顔は理知的だ。

なのに、キュッと絞られたウエストから、ムニュッと柔らかそうなヒップの肉の盛りあがりが、ふるいつきたくなるほど扇情的でもある。

たまらなくなり宗介は千夏の背に己の身を押しつけた。強張った股間をデニムの尻たぼに押し込んでやる。

「やっ！」

千夏が可愛らしく伸び上がり、キュッとお尻を締めた。

肩越しに睨んでくる顔に、少女のようなあどけなさが浮かんでいる。

そんな表情が、宗介の欲情に火をつける。

ズボン越しの屹立でヒップを撫でまわしてみれば、デニム越しにも柔らかな尻たぼの弾力が感じられる。

「だめよ。包丁を使っているから、危ないわ」

千夏は包丁を置いて、ヒップを揺すり立てる。しかし、その動きがますます宗介の股間をいきらせる。

たまらなくなり、デニムの尻の狭間に嵌まった勃起を上下に動かした。

「あっ……ちょっと、いやっ……あン」

か細い声を漏らして、千夏がさらに嫌がるように腰を揺すってくると、ますますズボンの中でイチモツがいきり勃つ。

宗介は右手を下ろしていき、千夏のヒップを本格的に撫でまわした。

「ああんっ、だめっ……」

肩越しに、真っ赤な顔で睨んでくる
三十二歳の人妻が可愛すぎた。

その愛らしさに欲情し、千夏をシンクに押しつけたまま、デニムの尻丘に指を食い込ませて揉みしだいた。

柔らかいのに弾力がある、極上の揉み心地だ。

「い、いやっ……ま、待って。宗介、キッチンでイタズラしないで。お願い、ベッドで……」

「だめだよ、もうガマンできないんだ」

昂ぶったまま、背後から千夏のデニムのフラップボタンを外し、ファスナーを下ろしていく。

そしてデニムと白いパンティをつかんで、一気に足首までズリ下ろした。

「あんっ……ちょっと……ッ」

千夏が困惑した声を漏らし、尻を引く。

（おおう……）

剝き出しの真っ白くて大きな桃尻に、宗介の劣情が湧く。

いつ見てもすさまじい量感だった。

腰が細いから、そこから横に広がるヒップの丸みが余計に強調されていやらしかった。

「ああ……千夏さん……」

うわごとのように言いつつ、千夏をシンクに押しつけたまま、背後から尻丘にぐいぐいと指を食い込ませる。

「あんっ……だめっ……だめっ、お願い……料理をさせて……」

口ではそう言いつつも、千夏の身悶え方はいっそう悩ましくなり、ハアハアと息が弾んできている。腰をくねらせ太ももをよじらせている姿は、バックから欲しいとおねだりしているみたいだ。

ならばと、宗介は千夏の尻割れの奥に指をくぐらせ、恥肉をまさぐった。

「はあ……んっ」

千夏が一気に色めき立った声を漏らして、腰を突き出してきた。

花びらをねちっこくいじると、指先にねっとりした蜜がからみついてくる。

「もうこんなに濡れて」

「あんっ……だって……」

千夏は肩越しに、恨みがましい目を向けてきた。

潤んだ瞳に欲情が見えている。

左手で抱きしめつつ、さらに大胆に亀裂に指を這わせていくと、熱いぬめりがしとどにあふれてきて、濃厚な発情した匂いがふわりと漂った。

止まらなかった。

千夏のTシャツをめくりあげて、白いブラカップをズリ上げ、メロンのようにたわわに実ったふくらみを背後から鷲づかみにして、揉みしだく。

「ああっ……あああっ……」

いよいよ千夏が顎をせり上げて、ヒップを勃起に押しつけてくる。

尖りきった乳首を左手でいじりつつ、右手でヌレヌレの膣をなぞっていると、小さな膣穴があり、軽く力を入れただけで粘膜を押し広げて、千夏の中に指がぬぷりと入っていく。

「あぅぅぅ！」

千夏が大きくのけぞった。

イヤイヤしているものの、指で奥をかき混ぜれば細腰をくねらせて、

「ああん……だめっ……だめっ……」

と、身悶えする。

さらに指を膣内で鈎上に曲げて、ざらつく天井をこすれば、

「あっ……あっ……」

と、うわずった声を漏らし始めて、もうガマンできないとばかりにシンクをつかんで全身を震わせる。

こんな反応を見せられては、もう限界だった。

指を抜き、ズボンとパンツを下ろして、勃起しきった男根を取り出した。

千夏の身体をシンクに押しつけるようにしながら、腰を落として位置を調整し、尻の下部の濡れきった肉ひだを切っ先でかき分けていく。

すぐに膣穴が当たり、立ちバックのまま乱暴にペニスを突き立てた。濡れてい

るから抵抗なく肉竿が沈み込んでいき、最奥にある子宮をずんっ、と突き上げる。

「あぅぅっ！」

千夏が甲高い声をあげ、結合の衝撃に身をよじる。

「ああ……」

宗介も思わず歓喜の声を漏らしていた。

ぬめぬめした肉襞の感触が気持ちよすぎてたまらない。ましてや、朝のキッチンという日常的な場所で人妻を犯す禁忌に、全身が燃えた。

しかもだ。

千夏は大手製薬会社の敏腕な研究員である。そしてテレビにもたまに出るような才色兼備の人妻だ。そんな女性を、しがないフリーライターの自分が悶えさせているというのが興奮する。

立ちバックという体位もいい。

千夏がほっそりして小柄なので突き上げやすかったし、なによりも人妻らしい丸々と張り詰めた尻のたわみを存分に味わえるのもいい。

腰をぶつければ、ぶわわんっ、と弾力のあるヒップが押し返してきて、それがとにかく気持ちいいのだ。

昂ぶってきて、パンパン、パンパンと肉の音を立てながら打ち込めば、蜜がますますあふれてきて、ぬちゃっ、ぬちゃっ、と朝のキッチンに似つかわしくない卑猥な音を響かせる。

(くうう、いいな……昨晩みたいにベッドでじっくり時間をかけてのセックスもいいけど、朝のイチャイチャもいい)

ぬめぬめした肉のひだが、亀頭にからみついてきた。息もつまるほどの快楽だ。たまらずにもっと突き上げると、

「あああっ……いやっ……いやぁぁっ……」

千夏は肩越しに困惑した表情を見せてきた。眉根を寄せ、眉間に悩ましい立ちジワを刻んだ色っぽい表情だ。ますます欲望はふくらんでいき、ひたすらに連打を繰り返す。

「あああっ……ああんっ……ああッ……だ、だめぇっ……そんなっ……奥までなんてっ、ああんっ……」

「だって、くうう、気持ちいいんだよ。千夏さんのおま×こが、チ×チンをギュッと締めてくるんだもの……」

「ああんっ、そんなことしてないっ……だめえっ……」

いたぶれば、それだけ千夏が燃えてくることを知っている。

理知的でクールな彼女はMの気質があって、乱暴にすればそれに呼応して、おま×こを濡らすのだ。

「いやっ……」

抗いの言葉を投げつつも、宗介が立ちバックのまま唇を近づけていくと、千夏は肩越しに振り向く体勢のままで、唇にむしゃぶりついて舌をからめてくる。

「ンンッ……んふうんっ……ううんっ」

立ちバックで、肩越しに首をひねったキスはつらいだろう。

だが千夏はうっとりと瞼を閉じて、夢中になって舌を吸ってくる。

たまらずに口をすぼめて、千夏の口に唾を垂らしていくと、

「んっぅ……ちゅっ……ううんっ……あんっ……そんなエッチなこと……あんっ……んんうっ」

と、生温かなとろみのある唾液が、千夏の口からも流れ込んできた。

ねちゃ、ねちゃ、と唾がからまる淫靡な音と、ぱんっ、ぱんっ、とバックから突き上げる肉の音が同時に響く。上も下もつながって、夢心地でますます激しくストロークしてしまう。

愛おしさがこらえきれなかった。

鼻息荒く連打すれば、千夏はキスもできなくなったようで、

「あっ、あっ……」

と、切れ切れに吐息を漏らしつつ、

「だ、だめぇぇっ……そ、そんなにしたらっ……ああっ……あああっ」

せつなそうな顔を向けられた。

切れ長の双眸はうるうると潤み、Tシャツとブラをズリ上げ、デニムとパンティを下ろされた恥ずかしい格好のまま、千夏は腰を震わせる。

汗と発情の匂いが、千夏の家の朝のキッチンに漂っていく。

子宮がキュンキュンと疼いて、膣のしまりが強くなる。

旦那以外の射精は怖いはずだ。

なのに身体が、欲しがっている。

そんな美しい人妻の姿に背徳的な興奮を感じて、いよいよ睾丸がひりつき始める。

「くうう……出すよ、もうガマンできない」

耳元でささやくと、千夏が一瞬だけ怯えた表情を見せる。

だが、本当に一瞬だけだ。

すぐに顔を赤らめて小さく頷く。

その許しの相づちに、宗介はますます律動を速めていき、子宮口にこれでもかと切っ先をぶつけていく。

「ああんっ、いい、いいっ、いいわっ。もうだめっ……イクッ……あっ、あっ、だ、だめっ……イクッ……！」

次の瞬間。

千夏は背を弓のようにしならせて、シンクをつかんだままビクンッ、ビクンッと痙攣をする。

その震えと膣の食い締めが、射精寸前の亀頭を刺激する。

「くぅぅ、ああ、出るっ……千夏さんっ」

決壊はすぐだった。

どくん、どくん、とペニスが脈動し、人妻の奥にどくどくと白濁の欲望を注いでいく。

出しても出しても、千夏を犯しきれない。

それほどまでに彼女を愛しいと思い続けていた……。

2

三崎宗介はフリーライターである。

十九歳のときにある小説の賞を取って期待されたが、その後は鳴かず飛ばずで、食うためにライターをしているという現状だった。

それでも結婚四年目で足立区に小さなマンションを買い、子どもが欲しいねと妻の典子と妊活をしていた。ごくごく普通の幸せな生活だった。

ところがだ。

二年前、病気とは縁遠かったように思えた妻が急な病に倒れた。

子宮頸ガンが見つかったのだ。

青天の霹靂だった。

典子はステージ3という、かなりの進行度だった。

手術を考える前に抗ガン剤治療となったが、やはり副作用は大きく、日々体調が優れなくなり、毛髪が抜けるようになった。

なんでこんなことに……宗介は呪った。

二年前、宗介と同い年の典子は二十八歳だった。

その若さで、この仕打ちはどういうことなんだ。宗介もまわりに当たり散らしていた。

ようやく大きな仕事も入るようになったあの時期、典子の面倒を見るのは大変な作業だった。

だが、それでも、

「自分がやらなければ」

という意識は強かった。典子の父親も母親も高齢で、とても面倒を見て欲しいといえるものではなかったからである。

一方で、妻は日に日に衰えていくと同時に、抗ガン剤治療の副作用や二十八歳でガンになったという絶望、そして妬み……あの優しかった妻が、険(けん)のある目つきで宗介を見て、棘のある言い方でいちいち文句をつけてくる。

果たして目の前にいる妻は、本当に妻なのだろうか。

ずっと何かにいらいらして、ずっと宗介に当たってくる。

それは仕方のないことだと納得しようとするが、しかし明確な敵意を持って接してこられると、どうしても離れたいという気分になってしまう。

逃げたい。

逃げ出したい。

そんな思いを持つ自分を恥じていたときだ。

取材で打出製薬にでかけたときに、研究員である千夏に出会ったのは。

彼女は、とあるテレビの取材を受けたとき、

「あの美人の研究員は誰だ」

と、視聴者からの問い合わせが相次ぎ、それからたまにコメンテーターとして、ニュースにちらちらと出るようになった。

三崎は取材で会った瞬間、千夏に惹かれていた。

切れ長のアーモンドアイがぱっちりとしていて、睫毛が長く、ミステリアスな美しい顔立ちだった。

しかもだ。

白衣の肢体はすらりとしていて、痩せているのに胸やお尻は大きいという、日本人離れしたグラマーな体型である。

もちろん、どうにかなりたい、などと考えて声をかけたわけではない。

そんな甲斐性など元より宗介にあるわけがなかったし、ましてやそんな知的な

美人に声をかけても、断られるのが目に見えていた。

ふたりの距離を急速に縮めた理由は、彼女の旦那も末期のガンで、同じように配偶者の面倒を見ることに疲れが見えていたからである。

よほど疲れていたのだろう。

出会ってすぐに、彼女はプライベートなことも包み隠さず話してくれた。こちらも気兼ねなく、つらいということを口に出せた。戦友だ。うれしかった。

「どう？　奥様の具合は？」

千夏と出会って半年、ふたりで千夏の会社の会議室で取材を終えてから、会社の近くのバーに行き、いつものようにカウンターの奥まった場所でふたり並んで近況を語り合った。

「うーん、まあ、なんとも言えないかな。医者もどうなるとか言わないし、正直もう疲れたかな……いっそのこと……」

宗介はハッとなった。

今まで疲れたことで愚痴を言ったけれど、ここまで本音を言ったことは初めてだった。

「いや……なんでもないんだ」

言い訳じみたことを口にしてみるが、千夏は押し黙ったままだった。

「せめて、よくなるような治療薬でもあれば……抗ガン剤なんて、気休めでしかないしなあ……せっかく大きな仕事も入ってきたのに……」

「わかるわ、私も……」

千夏はそれだけ言って、カウンターの上のカクテルをしばらく見つめた。

彼女の研究の目的は、ガンの治療薬である。

しかしその研究がまったく進まないのも知っていた。

「私も……夫がいなければ、研究にもっと没頭できるかもしれないわ」

大きな目が悲しみに濡れていた。

宗介はそんなことを言わせてしまった、という恥ずかしい気持ちとともに、やはり千夏も同じ境遇の人間なんだと改めて思った。

本当にガンというものは、やっかいなものだった。

身近な病気であるにもかかわらず、その本人だけでなく、まわりの人間の人生も狂わすのだ。

「だから、あまり自分を責めないで。私も、これが本音よ」

千夏が優しい言葉をかけてくれた。

同じような気持ちであることがうれしかった。

宗介はそっと千夏の手を握っていた。彼女の大きな瞳に涙が浮かんでいる。

「千夏さん……」

思わず、彼女の頬に手をやって、頬を伝う涙を指で拭っていた。

あまりアルコールは得意ではないはずなのに、千夏はそのときかなり酔っていた。

帰ろうとカウンターから降りたときに、足をふらつかせて、宗介は慌てて抱きしめた。

白いブラウス越しに豊満な乳房を感じて身体が熱くなった。

千夏はかなりの巨乳だ。腰をつかめば、ほっそりとしていて折れそうである。

なのに、胸板に感じる柔らかくもずっしりした量感に、もう理性がはじけ飛んでしまった。

気がつけば、夢中になって千夏を抱きしめていた。

彼女の瞳も潤んでいる。

会計をすませて、店の外に出る。

地下のバーだから、細い階段しかない狭くて暗い空間だ。

ふらつく千夏は腕をからめてきたので、見つめると彼女も見つめ返してきた。

「ううんっ……」

大丈夫か、と言おうとして開いた口に、千夏は背伸びをして柔らかな唇を押しつけてきた。

アルコールの混じった吐息とともに、濡れた舌が入ってきた。

たまらず宗介も抱きしめつつ、舌をからめてしまう。

すぐに、ねちゃねちゃと音を立てたディープキスに変わっていき、お互いがむさぼるように唇を重ねて、唾液や呼気を混じり合わせていく。

カクテルの味のする千夏の唾は甘ったるくて、噎せるようだった。

それに加えて、彼女の全身から匂い立つような柔肌の甘い香りが、ムンムンと漂ってきて、どうにもならないほどに欲情してしまう。

「ああ……ごめんなさいっ……」

うっとりするようなキスをしていながら、千夏は旦那のことを思い出したのか、唇をほどいてうつむき、階段を上がろうとする。

だが、やはり足にきているようで、ふらついた。

「千夏さん、危ないっ」

慌てて背後から抱きしめ、倒れ込むのを防いだ。

咄嗟だから、後ろから胸のふくらみをつかむ形になってしまう。

あっ、と思ったが、しかし、宗介はその手をどけなかった。

そのまま、ブラウス越しにも量感たっぷりの乳房を揉みしだくと、

「だめっ……」

と、千夏は小さく抗いの声を漏らしていやいやした。宗介はかまわずに、指を乳房に食い込ませ、ブラウスの下に身につけているブラカップがずれるほど強く揉んだ。

すると、

「あっ……あっ……」

千夏はうわずった声を漏らし、顎をせりあげて、もう立っていられないとばかりに背後にいる宗介に体重を預けてきていた。

たまらなかった。

白いうなじに舌を這わせ、同時に、すくいあげるようにたわわなおっぱいをひしゃげるほど強く握りしめてやった。

「ああ……」

彼女がハアハアと息を荒らげて、全身をビクッ、ビクッと震わせ始める。肩越しに見せる表情は、取材の時の凜とした雰囲気とは違って、甘えてくるような顔で色っぽかった。

目の下がねっとり赤らみ、欲情を伝えてきている。今度は宗介から唇を重ねていくと、待ちかねたとばかりに千夏が舌をからめてきた。

もう宗介に迷いはなかった。

階段を上がり、店の外に出るとタクシーをつかまえて、新宿の歌舞伎町までと運転手に伝えた。

彼女は何も言わずに恥ずかしそうにうつむいていた。

拒む様子はない。

宗介ももうその気になっていた。

だが、いざホテルの部屋に入って抱きしめると、落ち着かない様子を見せてきた。

「だめっ……やっぱり……」

強く拒む様子ではなかったが、それでも彼女はまだ迷っていた。

千夏の性格からして、旦那への介護で疲れていたとしても、簡単に身体を許すようなことはないと思っていた。

だが、白いブラウスを盛りあげる乳房の豊かさと、デニムパンツをパンパンに張りつめさせる尻の丸みが艶めかしくて、見ているだけでヤリたくてたまらなくなってくる。

それにだ。

きっと、彼女も乾いている。

三十二歳の人妻であり、これほどの肉感的なボディを持っているのだから、ひとりでは持て余しているに違いない。バーでのキスがその証左だ。

「あ、あのっ……千夏さんっ」

抱きしめたまま、千夏をダブルベッドの上に押し倒して、夢中になって彼女に覆い被さり、思いきって唇を塞いだ。

「……ぅんんっ」

千夏はわずかに声を漏らし、身体を強張らせている。

自分からキスを求めてくるのだから、口づけで昂ぶりたいタイプだと宗介は思って無理に唇を奪ったのだ。

案の定だった。

　彼女のほっそりした肉体をギュッと抱きしめ、唇の角度を変えながら何度もキスをすれば、

「んんっ……んふっ……」

と、キスを楽しむように千夏が身体をくねらせる。

甘い呼気と、ぷるんとした唇の感触がたまらなかった。

ただ唇を押しつけているだけで、うっとりして脳みそがとろけそうだった。

そのときの千夏の匂いを、今でも覚えている。

久しく味わっていなかった、女の身体の柔らかさもだ。宗介は感極まって夢中になって千夏の身体をまさぐった。

「いやっ！　待って……」

腕の中でわずかに千夏が藻掻く。急に怖くなったようだった。

それでももう止まらなかった。一刻も早く中身を見たいと千夏の白いブラウスのボタンを外すと、薄いベージュのブラジャーに包まれた、たわわなふくらみがたゆんと揺れるようにこぼれ出た。

「ああン……だめっ……」

千夏は頬をバラ色に染め、恥ずかしそうに顔をそむける。

そんな仕草がさらに宗介の興奮に火をつける。

夢中になって揉みしだきつつ、大きなブラカップをズリあげると、ぶるんと揺れる双乳が露わになる。

仰向けでも形の崩れない、張りのある乳房だった。

小さな乳首がツンと上向いていて、静脈が透けて見えるほど白い乳肌とのコントラストが、ため息が漏れるほどに美しかった。

「キレイだ……」

つぶやきながら乳肉を揉み、さらに乳首を吸って舌で転がしてやった。

「あン……ッ」

彼女はのけぞり、悩ましい声を漏らす。その感じた声が恥ずかしかったのか、

「いやっ」

と、続けざま首を何度も横に振る。

だがそんな仕草とは裏腹に、口の中で乳首が硬くなっているのがわかる。

素肌も汗ばんできて、白い肌が桜色に上気していた。

戸惑っていた顔がせつなそうに歪んでいる。欲しいんだな……身体が求めているんだとわかる。

宗介は嬉々として、乳首を吸いながら彼女のデニムパンツのボタンを外し、苦労して脱がせていく。

「ああ……だっ、だめっ……」

ベージュのパンティ一枚にされた千夏は、逃れようとうつ伏せになる。

宗介は押さえつけたままパンティに手をかけて、大きな桃のようなヒップを剝き出しにして再び仰向けにさせる。

閉じた足に力を込めて開かせると、薄い恥毛の下に二枚の花弁が少し開いていて、奥にある薄桃色の粘膜がつやつやと濡れ光っていた。

「み、見ないでっ……いやっ……」

千夏が膝を抱え込もうとする。

おそらく濡れているのを見られたくないんだろうと思った。すでに千夏の股からは磯のような匂いが立ちのぼっていた。噎せ返るほど濃厚で、鼻先にキツく漂ってくる香りがさらに男の昂ぶりを煽る。

強引に足を広げ、押さえつけながら自分のズボンとパンツを膝まで下ろした。

「あああっ、だめっ……ああんっ」

千夏の戸惑う顔を横目に、ガマン汁でべとべとになったイチモツでワレ目をなぞりながら、容赦なく狭い膣穴に切っ先をねじ込んだ。

「ああっ……！」

千夏が短く呻き、大きくのけぞる。

入り口は抵抗があったものの、それを突破すれば、ぬるぬると奥まで嵌まり込んでいく。

「ううう……」

千夏は下唇を噛んでいた。

だが、宗介が快楽に任せて腰を振っていくと、

「あっ……ああんっ……ああんっ……」

すぐにうわずった声を漏らし、それを恥じるように口元を自分の手で隠す。

旦那以外の男に挿入を許し、羞恥にまみれた顔を見せている。だが同時にどうにもならない快楽に溺れる人妻の表情もたまらなかった。

さらに腰をぶつければ、

「うぅんっ……ああっ、ああっ……そんなにしたら、だめっ……ああん、い、いやっ！」

千夏はシーツを握りしめ、ついには挿入の歓喜を噛みしめるように眉間に深い

シワを刻んで、ハアハアと喘ぎ始めたのだ。

そのときからだ。千夏との関係ができたのは。

こうして、週に一度は千夏の家に行き、旦那が入院して不在にしている中、セックスに溺れ続けたのだった。

3

銀杏の葉が足下から舞い上がった。

宗介はマフラーで口元まで隠しながら、出版社までの道を足早に歩いていた。

カフェやレストランは、すでにクリスマスの飾り付けが施されている。

窓のまわりを、サンタクロースやらトナカイの切り抜きが賑やかに囲んでいた。

(もう今年も終わりか……)

妻のガンが見つかってから丸二年になる。

よくもならずに悪くもならない。

この状態が、一体いつまで続くのか。

抗ガン剤というものは、基本的にはガン細胞の増殖や進行を抑える効果があり、典子の場合も少しでもガンが小さくなってくれれば、手術というものも考えられる。

だが、一筋縄にはいかない。

たとえ検査でわからなくなるくらいに小さくなっても、目に見えない、抗ガン剤に抵抗するような微量の細胞が残っていて、治療をやめればまた大きくなってくるものもある。

だから抗ガン剤も一種類だけでなく、薬を変更する。

それでまたその新しい薬に抵抗を示すような別のガン細胞が出てくるのだ。もう無限ループだ。

宗介のように医療系のライターであっても、ガンはわからないことが多すぎる。

いったいどうすれば妻は妻のままでいてくれるのか。

これは本当に考えたくないが、妻が変わっていくのであれば、それはもう宗介には手に負えないものであるようにも感じられる。

愛しているはずだった。

だが、日々変わっていく典子を見ていくにつれ、元の典子には戻らないのだろうなという絶望的な気分が襲ってきていた。

人通りの多い道から脇道に入る。

古いビルの建ち並ぶ路地は、クリスマス前の華々しさとは無縁の、いつもように閑散としたものだった。

その中の「あしたば出版」と看板に書かれたビルに、いつものように入っていく。

あしたば出版は従業員数三十人の小さな出版社である。

医学書の他に理学や農学などの学術専門書を専門に出版しているが、以前は大学の教科書も出版していた時期もあったらしい。

ビルの四階が、あしたば出版の医学雑誌「月刊メディカル」の編集部だ。資料が取り出せないほどに高く積まれていて、その中に六人の編集部員がいる。

あとは宗介のような外部のライターやデザイナーだ。

「あれ？　三崎さん。いらっしゃい。打ち合わせ？」

顔なじみの女性部員の松木綾子（まつきあやこ）が、デスクから立ち上がってこちらを見た。古ぼけた年代物のビルに似つかわしくないギャルだ。

濃いめの化粧がけばけばしく、胸の大きく開いたニットに、パンツの見えそうなミニスカートを穿いている。

もっとも見た目よりも、実年齢はかなりいってるらしい。噂では五十オーバーだ。ただ誰も聞いたことがないので本当のところはわからない。

「志郎さんは？」

訊きながら、宗介はまわりを見渡した。

本の積まれた場所の陰に、黒い靴下の足が見えている。

「ソファで寝ているみたいね。呼ぶわね」

「いや、いいですよ。俺が起こしますから」

宗介はあくびをしながら、古い革ソファがある応接スペースに行く。

いつものように大迫志郎は、ソファの肘掛けの上に足を投げ出して、大きな口を開けて寝ていた。これでも部長だ。

「志郎さん」

宗介が肩を揺すると、志郎はねぼけまなこで、着ていたシャツの袖でヨダレを拭いながら大あくびをした。

「おお、三崎ちゃん。よく寝たわ。何時や？」

「もう二時ですよ。打ち合わせの時間ですから」

「ありゃ。昼過ぎたか。しかしこのソファ、寝心地がええんよ」

「家に持って帰ったらどうですか？」

宗介が適当に言うと、起き上がった大迫は、

「せやなあ」

と、まんざらでもない顔をする。

「冗談ですよ。この部屋からこんなでかいもの、出せるわけないでしょう」

ちらりと本の積まれた塊を見る。

おそらくもう本の下の方は腐っていて床と一体化していそうだ。もはや一種のアートである。

宗介が向かいのソファに座ると、大迫は煙草に火をつけた。

「なあ、三崎ちゃん。梅毒患者が初の一万人越えだと。女は二十代患者が圧倒的に多くて男は四十代、五十代が多いんだとよ。不毛だよなあ。要するにパパ活ってやつが流行ってるんやろ？　次の記事は、そのへん書こか？」

「書けないですよ、そんなの。下世話な週刊誌じゃないですか」

大迫はお堅い医療系の雑誌を編集しながらも、性格はいたって奔放だ。放っておくと、医療系ゴシップ誌でもつくりそうである。

「なら、これはどうだ。ガンの治療新薬」

「はあ……またですか」

宗介は生返事をした。

というのも「画期的なガン治療薬」という話題は、何カ月かに一度、必ず聞かされる話題だからだ。

興味ない顔をすると、大迫は鼻息荒く反論する。

「いやいや、今度のはスクープやで。カナダの研究者が唱えた仮説を、ある製薬会社の人間が実証したんや」

「仮説？」

「そうや。とある物質が、ガンの進行を遅らせて消滅させることがわかった。抗ガン剤の効果を増強し、副作用も抑えて免疫力を強くする」

「ある物質とは？」

「……カビ？」

「カビ、や」

予想外の答えに宗介は戸惑った。

「あのカビが、ガンに効くんですか？」

「効くらしいぞ」

大迫はやけに自信満々だ。

だが当然ながら、そんな世迷い言を信じるわけにはいかないと、宗介は大きなため息をついた。

「ホントにそんなの書いていいんですか？『月刊メディカル』がオカルト雑誌になりますよ」

「だからあ、ちゃんと根拠があるんやて」

大迫がまた胸を張る。

「ガンの多くは加齢やたばこ、食生活なんかで遺伝子に傷が付くことで発生する。わかるよな。それを修復するのが、ガン抑制遺伝子なわけだが、簡単に言えばカビから取り出した分子が、その抑制遺伝子を活性化させて正常な細胞に戻すってわけや」

もっともらしく言われたが、そんなカビの話など聞いたこともない。

「そんな顔せんでもええやん」

「……どこ情報です？」

「北川（きたがわ）や」

いる。

　北川徹は「北川総合医院」の院長の息子で内科医だが、これがまた変わった性格でオカルト雑誌を読んでは、そこから得た知識を使って大真面目に研究をしている。

　宗介とは高校時代からの腐れ縁だ。そして大金持ちのくせに路地裏の怪しいスナックみたいなところが好きで、大迫とも飲み友達みたいになっている。

「どうせ、また『月刊アトランティス』の受け売りでしょ」

　アトランティスは一部マニアに有名なオカルト雑誌だ。北川の愛読書で、たまに執筆もしているらしい。

「いんや、『実話クライム』らしい。『保健福祉省の闇。ガン治療薬で大もうけ』らしいぞ」

「らしいぞって……もっとヤバい雑誌じゃないですか。そんなとこから引っ張った記事なんか書けないですよ」

　宗介も煙草に火をつける。

　大迫が吸い殻のつまった灰皿を出してきた。

「いやいや。実話クライムはあなどれんぞ。先日の医療助成金の横流しの話、あれホントやったしなあ」

「それに、あんなあの藪医者の言うことなんか、だめですよ」

宗介は、北川の丸っこい顔を思い描いた。白くて丸い雪だるまである。

「でもなあ、北川くんはあれでもさあ、三崎ちゃんの奥さんのこと考えてくれてるんやで。何か手はないのかって。で？　どうや、最近は」

宗介は首を振った。

妻の話をすると、このところ胸が痛む。

千夏との関係に対する罪悪感だろうか。それとも……。

4

翌週のことだ。

仕事の合間に時間があったのでパチンコをしていると、千夏から電話がかかってきた。

(珍しいな、ＬＩＮＥじゃないのか)

何かあったのだろうかと、慌ててスマホを持って台を離れた。

「ごめんなさい、仕事中に」

千夏の声が沈んでいる気がして、宗介は悪い予感がした。

「いや、いいよ。どうした？」

「来週なんだけど、ちょっと仕事が入って……」

逢瀬の日の急用なんて珍しいなと思った。

「仕方ないよ。でも夜は？　俺は遅くとも大丈夫だけど」

妻の典子には、急な取材と言えば何時でも出かけることができる。このへんはフリーライターの役得である。

「うん……」

千夏が浮かない返事をする。

夜なら平気よ、と悦んでもらえるかなと思っていたのに、当てが外れて宗介は電話をしながら顔を曇らせる。

「だめなのか」

「……うん。出張だから」

「わかったよ」

電話を切ってからも、何かもやもやした気持ちが晴れなかった。

千夏は研究員でありながらも、テレビやラジオにもたまに出演するので、出張などがあるのも知っている。

だが、今の千夏は何かを隠しているような口ぶりだった。

(何かあったのか?)

千夏とは釣り合わないことはわかっている。向こうはとびきりの美人で、しかも頭がよくて話しもうまい。

だが、ふたりは同じような境遇にあって、ふたりだけにしかわからない気苦労を共有できている、いわば戦友のような、そんな強い絆があると思っていた。

だからこそ、千夏とは続くと思っていた。

だが、気になった。


千夏の家に行くはずだったその日。

宗介は、いないとわかっていて千夏のところに向かった。確かめたかったのだ。

千夏の家は簡素な住宅街にあった。

旦那が元気なときに買った一軒家で、小さな庭がついていた。

(俺は何をやってるんだ……)

何もあるわけない。

千夏は出張なのだから、いるわけない。

だが……。

宗介が路地の角を曲がったそのとき、千夏の家の前にタクシーが停まった。慌てて路地の建物の陰に隠れる。

遠目から様子をうかがうと、タクシーから千夏と痩せた男が降りてきた。

あれは旦那だ。

間違いない、一度だけ見たことがある。

（末期ガンだぞ。余命もいくばくもないと言っていた。退院なんてできるのか？）

もしかして、最期だからと家で看取ることにしたのだろうか。それにしては千夏と旦那が仲睦まじく、笑い合っていたのが気になる。

（まさか退院したのか？）

千夏が甲斐甲斐しく世話をする様子に、ひどく嫉妬した。

どうして……。

どうしてそんなに笑っているんだ。

いつもは白いブラウスにジーンズなのに、今は膝丈のスカートなど穿いていたのも無性に腹が立つ。

宗介はそっと侵入して、家の裏手に回った。

ガラス窓の向こうで、ふたりが抱き合っているのが見えた。

見た瞬間に胸が熱くなった。

（もう旦那に気持ちはなかったはずじゃないか。ステージ4となって、もう治る見込みのない旦那の世話をするのが疲れたと……）

俺と同じ気持ちでなかったのか？

暗い嫉妬を抱えたまま庭を歩いていき、キッチンの方にまわる。確か勝手口は壊れていて、うまくやれば簡単に開く。

キッチンに千夏が遅れてやってきて、宗介を見ると驚いた顔をした。

「千夏さん……出張じゃなかったのか？」

旦那に聞こえぬように低い声で言いながら、靴を脱いで千夏に近づいた。

「……違うのよ」

彼女の顔が青ざめている。

切れ長でぱっちりしたアーモンドアイが歪んでいた。

いつもはミステリアスで凜とした美女の、焦っているような表情がたまらなく宗介の不安をかきたてる。

「違うって何が……？」

見下ろすように言うと、千夏はシンクを背にしながら顔を強張らせる。

「急に退院できるってわかったから……」

「退院？　旦那はよくなったのか？」

「……手術ができるようになって、そして、術後の経過もよくて……完全ではないけど、ほぼ寛解の状態に……」

「寛解？」

信じられなかった。

千夏から聞いていた旦那の症状は、妻よりもずっと重かったはずだ。

「私も驚いたのよ。もう正直なところ無理だと思っていたから。でもなんとかなったのよ。だから、きっと奥様だって……」

「そんなにうまくいかないよっ」

いつものように手を伸ばして抱こうとすると、千夏はその宗介の手を押し返してきた。

「なんで……」

「だめよ、向こうに夫がいるのに……今日は無理よ。帰って」

千夏が真っ直ぐに見つめてくる。

ああ、と宗介はそのとき初めてわかった。

違うのだ。

千夏はまだ旦那のことを諦めていなかったのだ。

(いや、旦那にまだ気があることよりも……どうして旦那は治ったんだ)

典子より病状は悪かったはずだ。

「わかったよ」

その言いつつも、不安が拭えなかった。

このまま帰ってしまったら、千夏とはもう二度と関係を持てない気がした。

左手をつかんで、千夏の身体を引き寄せようとした。

だが……。

「だめよ、ホントにやめて」

左手を振り払われた。

いつもの凛とした表情は影を潜め、そのとき、千夏は、こちらをうかがうような怯えた目をしていた。
なんだ……この目は……？
無性に男をいらつかせる、被虐的な表情だった。
カッとなった。
暴れる千夏を無理矢理に抱きしめて、首筋に唇を這わせていく。
千夏はいやがった。
「お願いっ……もう……だめなの……夫がいるのよ」
弱々しくもきっぱりした口調だった。
さらに興奮が増していく。
あのとき……夫がいなくなればと言った。あれはウソだったのか。
逃げようとした千夏を、背後から抱きしめる。
頭に血がのぼっていてまともに考えられない。ただ、昂ぶっていた。
千夏を抱きしめたまま、ダイニングテーブルに押しつけて自分のベルトを外した。
「暴れるなよ、聞こえるぞ」
耳元でささやくと、千夏はハッとして抵抗を緩める。

千夏の両の手をつかんで、そのまま背中にひねりあげる。苦労して押さえつけながらベルトを両手首に巻きつけてひとまとめにする。

「やめてっ……」

千夏が肩越しに怯えた目を向けてくる。

夫が向こうにいるのよ……その目が訴えていた。

「騒いだら旦那が来るぞ。女房が犯されてるのを見せたくないだろう？」

脅すような言葉が、するりと出た。

千夏の目が大きく見開かれる。

「そんな……今日はだめなの……今日だけは……」

両手を縛られた美女が、いやいやと顔を振り立て、目尻に涙を浮かべている。

何がだめなんだっ。

ズボンの中で屹立が、痛いほどにふくらんでいる。

宗介は机の上にあった手ぬぐいを細くねじり、無理矢理に千夏の口に噛ませて、後頭部で強く結んだ。

「ウウッ！　ムウゥ」

テーブルに突っ伏した不自由な体勢のまま、千夏は首をひねって肩越しに怯えた表情を見せてくる。

　後頭部で結わえた髪がほつれ、漆黒のストレートヘアが艶やかに広がっている。

汗ばんだ頰に黒髪がへばりつき、なんとも凄艶だ。

「いい格好だ。たまらないよ……」

　珍しくスカートを穿いた尻が、机に前屈みで突っ伏しているので、こちらに向けて突き出されていた。

　全体に細いのに、尻の丸みは目を見張るようだ。

　フレアスカートをピチピチに張り付かせた、悩ましいほどに大きなヒップが、いやいやと揺れている。

　激しく昂ぶりながら、千夏のスカートをめくりあげる。

　ぬめったパンティストッキング越しに薄いピンクのパンティが露わになる。

　すらりとした脚なのに、付け根に近づくにしたがって、ムチッとした肉付きが豊かになる。

　人妻の充実した下半身は、いつ見てもエロかった。

（待てよ、旦那は……？）

　いったん千夏を置いて、宗介はそっと部屋の中に入る。

奥の方でテレビの音がした。ドアを静かに開けると、テレビがついたままで、旦那は横になって目をつむっている。

(これなら聞こえないな)

キッチンに戻ると、千夏が床に這って逃げようとしていた。その身体を抱きかかえ、再びテーブルに前のめりにさせる。

「むうっ、ううっ……」

くぐもった悲鳴を漏らす千夏の、ばたつく脚を押さえつけ、パンストとパンティの縁に手をかけて強引に引き下ろす。

下着は太ももの途中まで丸まったまま下ろされていて、両手を後ろ手に縛られた状態では、白い尻はもうどうやっても隠せない。

「むぐぅぅぅ!」

千夏の抵抗が激しくなり、ダイニングテーブルががたがた揺れた。大きな尻が振り立てられる。だが、それは……まるで物欲しそうな尻振りだ。

たまらず丸みを片手でじっくりと撫でる。

「んんっ、むうっ……」

手ぬぐいで猿ぐつわをされて口を塞がれ、真っ赤に上気した顔を千夏は何度も振り立てる。その抵抗が、逆に宗介の加虐心に火をつけた。

「いいケツだ。旦那にはもったいないよ」

ひどい言葉で罵倒しつつ、宗介は自分のズボンとパンツを下ろして、いきり勃った肉竿を露わにする。

勃起はもう性のはけ口を求めて、暴発しそうなほど猛っていた。

深い尻割れに、切っ先をこすりつけると、

「ムウウウ！　うう、んめんっぇ……」

手ぬぐいを噛みしめながら、千夏がくぐもった声を漏らす。

「ほらほら、旦那に聞こえるぞ」

宗介は煽りつつ、さらに焦らすようにワレ目を指でまさぐった。

女体はさらに激しくのたうち、机ががくがくと音を立てている。千夏の泣き濡れた顔を見つめながら、宗介は切っ先をぐいぐいとワレ目に押しつける。

すると、イチモツの先に熱い潤みを感じた。

「濡らしているじゃないか」

濡れているどころではない。びっしょりだ。

宗介の言葉に、千夏はハッとしたように身体を強張らせるも、すぐにまた狂おしいほどに腰を振り立てて、イヤイヤする。

だが、それでも追い立てるように、勃起で尻の狭間をなぞっていくと、

「ンンッ……んむぅっ……ううんっ……」

千夏の声は悲鳴ではなく、媚びたようになってきて、腰の動きもいつものセックスのように、いやらしいものに変わってきた。

「旦那が同じ家の中にいるってのに、こんなにひどく濡らして……犯されるのがうれしいんだな。キミはマゾだ。欲しいんだろ、これが、なあっ」

背後から抱きしめつつ、耳元で罵る。

「んむうっ……！」

腰を折って机に突っ伏したまま、千夏がせつなげな顔を見せてきた。

やはり欲しいんだ。

旦那なんかと……治ったって幸せになんかなれるわけがないんだ。

宗介は嫉妬混じりに欲望の火を燃やす。

妻のことは愛していた。

だが、ガンがすべてを変えてしまった。

こっちはもうどうにもならないのに、千夏はまだやり直すつもりなのか。俺と

ずっとこうやって関係を持つんじゃなかったのか。

千夏は俺のものだ。

「くそっ」

吐き出すように言いながら、宗介は千夏の猿ぐつわを外した。

「ハア……ハア……いやっ……お願いっ……お、夫が……」

ヨダレにまみれた唇から、色っぽい声があふれ出る。

「いやなんて言って……こんなに濡らしてるじゃないか。それに旦那は寝ているよ、起きそうもない」

宗介はいらだつように言いながら、切っ先を小さなとば口に押し当てて、ぐいっと腰を押しつける。

ぶつっと、穴がほつれるような感触があり、あとはぬるりと千夏の中に嵌まり込んでいく。

「いやぁっ……ああっ……あああっ……！」

じわりじわりと奥に進むたびに、千夏がすすり泣きの声を大きくしていく。

黒髪を振り立て、尻をくねらせる。

だが、ぬかるんだ膣穴になじんだペニスは、簡単には外れない。逆に振り立てることで結合が増して、肉奥に切っ先が突き刺さる。

「んううっ！」

バックから深々と犯された千夏が、大きくのけぞった。

肉襞がキュッと締まり、潤みが増していく。

強引に犯すことが気持ちよくて、宗介は立ちバックの姿勢のまま、うっとりと目を閉じそうになってしまう。

「くうう……こんなに締めつけて……いいんだろ、なあ……こういうのが」

嘲りながら、宗介はくびれた腰をつかんで激しくストロークする。

ぬちゃ、ぬちゃ、という水音と、パンパンという肉の打擲音が高らかに響く。

もう旦那にも聞こえているかもしれない。

それでも宗介はストロークをやめずに、こじ開けるように千夏を犯していく。

締め付けはいっそう強まり、生々しい愛液の匂いが強くなる。

「興奮してるんだろ。なあ」

ブラウスを乱暴に剝ぎ取り、ブラをたくし上げた。揺れる乳房を揉みくちゃにしながら、ますます肉奥を突きまくれば、

「あああ……あああんっ……」

千夏はいよいよ甘ったるい声を悲鳴に混じらせ、尻を宗介の腰に押しつけてくる。

「おおう……たまらないよ、千夏さんっ、千夏……ッ」

さらに突いた。

千夏は俺と同じだ。幸せになんかなれない。

「いやっ……あああっ……！」

千夏がガクガクと腰を振り立て、やがてがっくりと机に突っ伏した。

イッたのだろう。強烈な締めつけが襲ってきて、宗介も激しく千夏の中にしぶいていた。

猛烈な愉悦に脚が震える。

立っているのもやっとなほどの気持ち良い射精をしてもなお、宗介の性器は滾ったままだった。

旦那はまだ寝ているのだろう。妻が犯されているのも知らずに……。

宗介は息を荒らげながらも、もう一度、バックから千夏に襲いかかっていくのだった。

第二章　強制オナニー

1

四月になると暖かい日が続くようになってきた。

妻の典子の病状は、よくもないが悪くもない状態が続いていたのだが、ここのところは調子がよくて、たまに昔のように家事をするようになってきた。

いい方向に向かっている。

そんな希望を持って、いつもの定期検診の結果を受けに、宗介は仕事の合間に妻の通院する岸田(きしだ)総合病院にきていた。

「えっ……転移？」

「はい」

担当医の原田は、抑揚のない話し方でさらりと言った。

以前からこの若い医師には、あまりいい印象もなかったが、今の言い方にはかなり腹が立った。

「あっさり言いますが……先生、そうならないように、典子にはつらい抗がん剤治療をずっと続けてきたんじゃないですかね。いずれ手術もできるようになると、おっしゃったはずでは？」

怒鳴りつけたい思いを抑えて、見つめる。

原田はカルテをもう一度見てから、丸椅子をこちらに向けて、無表情で見つめ返してきた。

「三崎さん、落ち着いてください。ガンは日々、刻々と状態が変わるものだとお伝えしたはずです。それにですね、以前は確かに転移すれば治癒は難しいと言われてきましたが、今は転移しても寛解することもあります。奥様の状態ではこのまま積極的治療を進めると、かえって命を縮めるリスクも出てきてしまいました。いったん、抗がん剤治療を中止すべきかと」

頭がくらくらしてきた。

原田の言いたいことはわかる。

ガンというのはそれくらい難しい病気だ。ずっと付き合っていかなければならない病気である。

寛解したとしても、また再発する。ずっと付き合っていかなければならない病気である。


それでも。

それでも、いったい何のために、あの苦しい抗がん剤治療をしてきたのか、という思いは消えない。

「それはつまり、もうどうにもならないので、余生を楽しく過ごせということでしょうかね？」

いらいらしてストレートな言葉が出た。

原田はわずかに眉を動かしただけで、やはり表情を変えない。

「そうではありません。他の治療法も考えながら、適合していくべきかと」

「他の治療法とは？」

「例えば、東京湾岸医療センターでやっている免疫細胞療法とか」

原田はあっさりと別の病院を持ち出した。

免疫細胞療法とはその名の通りで、免疫細胞を増やして、ガンを抑えようとする治療法である。

「東湾か……あそこは芸能人とか、政治家に評判がいいんですよね」

「よくご存じですね。新しい病院なんですが……」

そのときだ。

わずかに原田が曇った表情をしたので、宗介は「おや」と気になった。

「先生、あの病院に何か？」

尋ねると、原田はいつもの無表情に戻り、

「いえ、別に。あそこは最新の治療器具があって……保険適用外の治験もいくつかやってるし、いいところだと思って。ただ……」

「ただ？」

どうも煮え切らない態度だ。

再度訊くと、原田は、

「最近評判がいいんですが、以前は保険適用外の高額治療ばかりやっていると言われてましてね。いや、気にすることもないんですが……とにかく、抗がん剤治療の中止の件、考えていただければと」

「……東湾に行きたいと言ったら？」

「それもありだと思いますよ。もちろんその他の病院でも、積極的な治療をやりたいと言うなら、紹介状を書きますので遠慮なくおっしゃってください」

　そこで初めて原田の笑顔を見た。

　笑わない方がいいな、と彼の顔を見ながら、そんなことを思った。

　とにかく腹が立つのだ。

2

　これだから医者は嫌いだ。

　といっても、まあ下手に同情されても惨めになるので、原田のような態度が、一番いいのだろう。

　宗介は病院の駐車場に戻り、停めていたミニバンの中で煙草を取り出しながら、あしたば出版にスマホで連絡した。

　綾子の甘ったるい声を聞いてから、すぐに大迫に代わってもらう。

「おう、三崎ちゃん。どうやった？」

　大迫が明るく声をかけてくる。

こういうときに、大迫のノーテンキなしゃべりは気が楽になる。

「転移がありました。肺に、ほんの小さな腫瘍が」

「そうか……だけど、そない心配せんでもええで。がん治療は日進月歩や。ほら、去年だかに言った新しい治療薬の話もあるしな」

そういえば、そんな話をしていたのを、今になって思いだした。

「あの話、まだ追ってたんですか？」

運転席に座り、煙草に火をつけながら訊く。

「まあなあ。もし本当だったら、政界スキャンダルやで」

電話の向こうで、大迫が、あはは、と笑った。

まったく、どこまでも陰謀論の好きな人である。

「そんな話は……」

そのとき、停めていた宗介のクルマの前を、すらりとしたスタイルの美しい女が足早に通り過ぎたのを見た。

(千夏さん……！)

間違いない。

あのとき……。

旦那に嫉妬して彼女と無理やり交わったあと、ずっと会っていなかった。髪の毛を少し短くしたようだが、相変わらず人目を惹くほどの華やかな美人だった。

「すみません。またあとで、かけます」

慌ててスマホの電話を切り、煙草を消してからクルマを出て彼女を追った。千夏は紺のタイトなジャケットに、膝丈のタイトスカートだった。髪はゆるくウェーブさせて、肩のあたりで切りそろえている。研究者というよりも有能な美人秘書の装いだ。

「……千夏さん」

病院内に入るドアの前で、千夏は振り向いた。アーモンドの形をした切れ長の目が、わずかに見開かれた。

「宗介。そう……奥さんは、この病院だったのね」

「ああ。定期検診の結果を聞きに来たんだ」

千夏は少し考えたように、視線を泳がせる。

こちらとしても、かける言葉は見つからなかった。あんなことをしたのに、なんで声をかけたんだと後悔した。

千夏は少し痩せたように見える。

何か喋らないと、と思った矢先、千夏が口を開いた。

「宗介、クルマなの？」

「え？　ああ、そうだけど……」

「ちょうどよかったわ。会社の同僚に乗せてきてもらったんだけど、帰りは電車のつもりだったから……ちょっと病院に書類を出してくるだけだから、戻ってきたら乗せてくれない？」

千夏はまるで四カ月前のことなどなかったように、距離をつめてきた。

「いいよ。わかった」

断ることもなかった。ちょっとホッとした。

もし、あのことを謝れというなら、いくらでも謝るつもりだったし、何かを要求されたとしてもできるだけ応えようと思った。

しかし、クルマに乗ってから千夏は思いも寄らぬことを口にした。

「夫のガンが再発したの。先月」

「えっ……完全寛解したんじゃなかったのか」

宗介はハンドルを握りながら、助手席の千夏に尋ねた。

「したわよ、間違いなく。だけど再発したの。治る見込みは今のところ、ないわ」

「そもそも治る見込みはないと言われた末期がんだったのに、どうして寛解したんだろう」

アクセルを踏みつつ訊くも、彼女は、

「わからないわ」

と、ため息をついた。

製薬会社の研究員である彼女がわからないと言えば、ただのフリーライターがそれ以上訊くこともできなかった。

「そうか……」

夕方の都内の道は混んでいた。

彼女は最初、会社に戻ろうとしていたが、少し時間がかかりそうなので、スマホで連絡して直帰することにした。

宗介も時間があったので、千夏を家まで送ることにした。

旦那は再び、入院しているらしい。

「……旦那さんって、どこに入院してるんだっけ」

千夏に訊くと、

「東湾よ。ここからは少し遠いわね」

「……ああ……東湾か」

今日はずっと東湾の名前を聞いている。

「やっぱりいい病院なんだな、東湾は」

「いいっていうか……ウチの製薬会社が懇意にしている病院だしね。いろいろ融通が利くから」

「なるほど」

道はひどい渋滞だった。

ほとんど数センチしか動かないのではないかという、じれったい中で、宗介は横に座る千夏を見る。

四カ月ぶりに見る千夏の横顔は、以前よりもすごみのある優美さを感じた。

ジャケットの下に着た白いブラウスの胸は甘美なふくらみを見せ、しかも真ん中をシートベルトで押さえつけているので、おっぱいの丸みがさらに強調されていて、なんともセクシーだった。

視線を下に移せば、タイトスカートが座っているためにズリ上がっていて、パンティストッキングの光沢に包まれた太ももが、半ば近くまで覗いている。

（あらためて見ても、いい女だな……）

久しぶりに見る千夏は、以前よりも悩ましい人妻のフェロモンをにじませている。

再会したばかりなのにもう欲情した。

それにしてもだ。

千夏はどういうつもりで、クルマに乗ったのか。

やはり話さなければならないと、思い切って口を開いた。

「あのときは悪かった」

千夏は窓の外の景色を眺めていたが、こちらを向いて目を細めた。

「いいわよ、別に……私も夫が寛解したことを隠してたんだから、宗介が怒るのも無理なかったのよ」

「でも……どうして隠してたんだよ。俺に悪いと思ったからか？　それとも、旦那とよりを戻そうとしてるから、俺が邪魔だったとか」

「そんなことないわ。ただ……いろいろ負い目があったから……」

彼女は伏し目がちに、そんなことを言い出した。

交差点の信号が赤に変わり、宗介はクルマを停める。

「負い目？　負い目ってどういうこと？」

彼女は答えなかった。

信号が青に変わる。

クルマが発進してから、ようやく彼女は答え始めた。

「私はあの人にも、宗介にも負い目があった。だから……何も言えなかった」

「その負い目っていうのはなんなんだ。浮気をしてたってことか？」

訊きながら横目で助手席の千夏を見ると、彼女は首を横に振っていた。

「違うわ。違うの……あの人にした仕打ちは……それは、私が楽になりたかっただけなの。今は後悔してる」

なんのことか、まったくわからなかった。

「どういうことなんだ」

「いいのよ。ただ、私はふしだらな女だってこと」

彼女は自虐的に言った。

「ふしだらなんて……」

「ううん、ふしだらよ、私……あの日、あなたと交わった夜、夫に抱かれたんだもの……たくさん愛し合ったわ」

顔が強張った。

千夏の顔は、挑んでくるような挑戦的な表情だ。

またカアッと頭が灼ける。嫉妬の気持ちになる。四カ月前と同じだ。

「……俺よりよかったのか、久しぶりの旦那は……」

「言わないわよ、そんなこと」

また身体の奥から、彼女を壊したい衝動が襲ってきていた。

「それでもまだ、俺とこうしてクルマに乗ってるんだな」

「ええ……そうよ」

「……また無理矢理にして欲しいのか？　だから俺を怒らせて……」

「そんなことないわ……でも……」

千夏は頬を赤らめて、うつむいている。

獣性のようなものが湧き上がる。

「あのとき、旦那の近くで俺に犯されて、濡らしてたよな。いつもよりもぐっしょりと」

ちらり横を見ると、彼女が真っ赤になって唇を噛んでいた。

彼女は何も言わず、ただ耳までを赤くして切れ長の目を向けてきていた。

その目が妙におどおどしている。

(あのときと、同じ目だ……また……)

まるで、いじめてほしいというような目だ。

「興奮したんだな、あのとき」

千夏は答えなかった。

だが頬を赤らめている。やはりこの人はMだ。どうしようもなく狂おしくなってきて、壊したい衝動に駆られる。

「興奮したんだよな。だったら……同じようにしてやる。家に着くまで、俺の横でオナニーしろ」

「……えっ……?」

またクルマが渋滞にはまった。

千夏を見ると、顔が青ざめている。

「な、何をいきなり……」

「そういうのが好きなんだろう? このクルマは車高が低いから、トラックが横にくればよく見えるぞ。しなければ、家に着いた後にまた縛って犯す」

「ほ、本気なの？」

彼女が上目遣いに、おろおろした目を見せてくる。

その目は羞恥と期待が混じった目だ。

やはりだ。

やはり彼女はこういうのが好きなのだ。

いやだと言ってるのに、太ももをもじもじさせて、タイトスカートの上で両の拳をキュッと握っている。

「本気だよ。早く」

語気を荒らげると彼女は、

「ああ……」

と切なそうに吐息を漏らすも、目の下をねっとり赤く染めている。

そして、「わかったわ」と肯定するように、ため息を漏らして、やがておずおずとブラウスの上から胸のふくらみを揉み始めた。

渋滞しているから、ハンドルを握りつつ、千夏の痴態が楽しめる。

と、同時に横にいるクルマも、同じようにゆっくりなので、見えてしまう危険性は高い。

千夏はまわりを見ながら、ゆるゆると乳房を揉んでいたが、

「もっとだっ」

と、厳しく言うと、

「ううう……」

口惜しそうにくぐもった声を漏らして、ためらいながらも、タイトスカートの上に手をやって、恥ずかしそうに顔を伏せる。

そして、

「ぁああ……いやっ……」

と、いやいやしながらスカートの中に手を入れた。

(おおっ……)

なんとも刺激的なシーンだ。そのとき、隣のレーンのクルマの運転席から、男が、ギョッとして千夏を見ていた。

千夏もその視線に気付いて、

「いやっ!」

と、顔を振る。

ちょうど信号が変わってクルマが発進したので、ホッとした表情になる。

「見られて興奮したんだな。続けて」

千夏は、ハアっ……と切なそうなため息をついたのち、ゆっくりとタイトスカートの裾に手を忍ばせて、太ももの奥をまさぐっていく。

膝を閉じ気味なので、奥は見えない。

しかし、スカートの布地が何度も盛り上がっているので、中で股間をいじっているのがわかる。

そのうちに千夏がビクッ、と身体を揺らした。

「あっ……あっ……いや、見ないで……」

そう言いつつも、千夏の右手はスカートの奥をまさぐり続け、左手は胸のふくらみを揉み続けている。

「あっ、ああ……」

そしてついには、うわずった声を漏らし、せつなそうにそのスレンダーな肢体をくねらせるのだった。

3

クルマの中は千夏の甘い柔肌の匂いと、香水の匂いがムンムンとしている。

「あっ、はぁ……あううんっ……」

千夏は指でいじりながら、甘ったるい声を出してしまい、ハッとしてまたうつむいてしまう。

その恥じらい方が男の欲望を誘ってくる。

「ち、千夏さん。スカートを、スカートをめくって」

宗介も興奮して、大胆なことを口走ってしまう。

「えっ……ああ、そんな……」

狼狽(うろた)えていた千夏だが、やがてギュッと唇を噛んでから、右手でタイトスカートを太ももの付け根までズリ上げる。

パンストに包まれた白いパンティがほぼ丸出しになった。

「い、いやっ……ああ、見ないで」

恥じらいがちに言いつつも、千夏は震える手をパンティの基底部に持っていって、指でこする。

「うっ……くっ……」

千夏は声が漏れそうになるのを押し殺している。

こちらをちらりと見る顔は、もう泣き出さんばかりだ。

「たまらないよ。もっと足を開いて」

乱暴に言うと彼女は、

「あっ……あっ……」

と、うわずった声を漏らしながら、少しずつ足を開いていく。

「あっ……んぅっ……ううんっ……ああ、だめっ……だめっ……」

いよいよ千夏の瞳がとろんとしてきた。

つらそうに眉根を寄せて、半開きになった赤い唇から、ひっきりなしに淫らな吐息を漏らしている。

「あぁぁ……いやっ……ああんっ……こんなのいやっ……見ないでっ」

うつむいて、首を左右に振っている。

また渋滞でクルマが停車する。それでも彼女の指の動きは止まらない。

ほっそりした人差し指と中指がワレ目に沿って動いている。

そして次第に、

「うっ……くぅ……ああ……ああああっ……ハアッ……ハアッ」

と、呼吸が激しくなり、指使いにもいっそう熱がこもっていく。

見ると、指がパンティの縁から中に忍び込んで、恥ずかしい部分を直接さすっている。

彼女は慰めることに夢中になっている。

そしてついに、まわりを気にしながらもパンティの上端から中に手を入れて、直におま×こをいじり始めた。

「ハアッ……ああっ……」

と、千夏は助手席のシートに身体を預けて、クルマの中で自分を慰めている。

しかもだ。

興奮しきって、つらそうに眉根をハの字にさせ、切れ長のアーモンドアイをとろけさせていた。

サクランボのような可愛い唇は半開きになり、

「あっ、あっ……」

と、ひっきりなしに喘ぎを漏らして、歯列をほどかせている。

（くうう……やっぱり、いい女だ……離れられないよ）

運転しながらもイチモツが苦しくて、今にも脱ぎたくなってくる。

千夏の家につくと、待ちきれないとばかりに、千夏は宗介をリビングのソファに押し倒してズボンとパンツを下ろしてきた。

そうして、ガマン汁でべとついた切っ先を、一気に咥え込んでくる。

「くううっ……」

思わず腰を浮かせた。

久しぶりのフェラチオだ。

気持ちよくて、腰が震える。これほどまでに千夏が積極的なのは初めてだった。かなり驚いた。

（やはり、人の見ている前でオナニーさせたのが興奮するんだな）

たまらなかった。一気に尿道が熱くなってくる。

射精する前に勃起を千夏の口から離し、抱きしめながら正常位で挿入した。すぐにフルピッチで千夏の身体をしたたかに突く。

「ああっ……ああ……！」

「旦那より、いいだろ……なあっ……」

追い立てるように、叫びながら子宮に打ち込んだ。

「ああっ！　いい、いいわっ」

千夏も叫んだ。

「負い目なんて、感じないんでいいんだ。負い目なんて……」

言いながら突くと、千夏は首を振った。

「ああっ……違うのよ。ああっ……はあああっ……負い目というのは……」

千夏はまた首を振った。

「いいのっ、なんでもないのっ……もっとして、もっと突いてっ！　はあああっ、お願いっ……」

気になる言葉ではあったが、しかし、宗介も限界だった。

突いて突いて、突きまくって……そして久しぶりに千夏の中に放出した。

4

北川総合医院の受付に行くと、いつもの可愛い女性が立ち上がった。

信じられないくらい短いスカートの白衣から、尻が見えそうだ。

クレームも相当来るだろうが、あの丸っこくて何も考えてない医者は、そんな苦情など屁とも思わないだろう。

どうやら北川は院内の看護師の制服を全部ミニスカにしようとしたのだが、さすがに院長である父親に怒られて、それならと受付だけミニスカにしたらしい。

「ミニスカナース、評判よかったのになあ。通院してるおじいちゃんとか、みんな血色がよくなったし」

とか言って北川は喜んでいた。

とにかく医師会の理事長で顔の広い父親の権力を、存分に使いまくって道楽しているのが北川なのだ。

受付の女性が「どうぞ」と通してくれて、内科医の医局に行き、北川の部屋に顔を出すと、

「いらっしゃーいっ」

白衣の男が丸っこい顔をこちらに向けてきた。まるで子どものようにわくわくした表情だ。三十歳の自分と同世代に思えない童顔である。

「で？　ガンの治療薬の話だっけ？」

北川が応接セットのソファに座り、訊いてきた。

ろう」

「そうだ。『実話クライム』にあったガンの治療薬の話を、志郎さんに話しただ

「えーと、ああ、話したなあ」

北川がのんびりした声で言う。

「それ、なんかつかんでるんじゃないのか?」

「つかんでるっていうか、ある製薬会社がさあ、新薬の臨床試験やるって言って

て。でも、一向に結果が出てこなくて、へんだなあって言われてて」

「カビから採取されたってヤツだな」

「そうそう。そんな噂があってね。そしたら『実話クライム』に同じことが書い

てあってさあ」

「今もそのクスリはあるのか?」

「クライムによると、保健福祉省が公表を止めてるんだってえ」

「なんで?」

「さあ? 儲からなくなるんじゃないの? その新薬ですぐに治ったら、ありが

たみもないしねえ。まあ、噂だよ。噂」

本当にこいつは言葉を選ばないヤツだ。

「で、その製薬会社ってのはどこだ」

「どこって……」

そこまで言って、北川が舌舐めずりをした。

宗介は忘れてたと、袋に入った鯛焼きを渡してやる。

「いいよねえ『天満』の鯛焼きって」

鯛焼きを袋から取り出しながら言い、頭からかじりついた。

「で、どこだよ」

宗介が訊くと、北川が餡子を口のまわりにつけながら答えた。

「どこだっけ。ああ、打出製薬だ」

「えっ……」

宗介は絶句した。

いきなり名前が出たからではなく、もしかしたら打出では……という気持ちがあって、それがズバリ当たったから驚いたのだ。

(打出製薬……つながってるな)

あれから、千夏のことをいろいろ考えた。

彼女の言う負い目、というのはもしかしたら、旦那に何か実験のようなことをしたんじゃないかってことだ。

彼女は製薬会社の研究員。治験してないクスリをもし使用したら……

《夫に対して、やってはいけないことを……私が楽になるためにっ……》

という言葉がぴたりと嵌まる。

入院している旦那に新薬を投与して、一度は寛解した。

だが不十分な治験だったから、副作用などがあって、元に戻ったか、もしくはもっと悪くなったのではないだろうか。

あくまで仮説だ。

(そんなことあるのか？　千夏が旦那に治験の終わっていない薬を投与するなんて)

だが自分に置き換えてみると、すんなり結論が出た。

わらにもすがる思いだ。

助からないなら、一か八か。妻に新薬を投与するかも知れない。

《やってはいけないことを……私が楽になるためにっ》

またその言葉が頭をよぎる。

「なあ、北川。ちなみに、あの記事の『病院』っていうのは東湾じゃないか？」

「なんだ、知ってるじゃないの。あれ？　でも週刊誌には、そこまで名前は載ってなかったはずだけどな」

鯛焼きをあっという間に食べ終えた北川が、二個目に手を伸ばす。

見ているだけで胸焼けしそうだ。

(やはり東湾か)

このところ、何度名前が出てきただろう。

打出製薬に東京湾岸医療センター。

もしかしたら、典子のための新薬が手に入るかもしれない。

何よりも、もしそれを意図的に隠していたとしたら、超がつくほどでかい医療スキャンダルだ。

「この話、どこまで信憑性がある？」

訊くと北川は鯛焼きを頬張りながら「うーん」と唸る。

「正直、十パーセントってところかなあ。新薬じゃなくて、抗がん剤の新しいヤツかもしれないし」

「十パーか……」

それでも試してみる価値はある。

「なあ。とりあえず打出製薬を調べてもらえないか？」

宗介が言うと、北川は露骨に嫌な顔をした。

「えー、めんどくさいなあ。あそこのＭＲってしょぼいんだもん。他の製薬会社はお小遣いくれるのに、あそこくれないし」

それは癒着だろう、という言葉は呑み込んだ。

いまさら倫理や道徳をこいつに説いても意味はないし、なにより、多かれ少なかれ製薬マネーは出回っているのだ。

「だったら、俺を打出製薬に潜入させてくれ。清掃会社の人間とかいいな。自由に動けそうなヤツ。おまえのいうことだったら、製薬会社は聞くだろうからな」

一度内部を見た方が良さそうだ。

清掃員なら帽子で顔を隠していれば、千夏にもバレないだろう。

「そんなにうまくいくかなあ」

と、北川は「もっと」とおかわりした。

「ないよ、もう。わかった。明日も届けてやる」

「三個じゃ足りないよ。五個ね」

「その代わり、東湾のことを調べてくれ。最近、ガンの治療で評判がいいんだろう?」

「いいよお。十個で手を打つね」

新薬のことがわかるなら、鯛焼きの五個や十個など安い物だ。

5

「潜入ってのも、古い手やなあ」

大迫には笑われたが、やはり現場には何か思わぬ物がある。

それは宗介の信条だ。

今時、ライターはネットで調べてパソコンで書き、メールで送る。

オフィスから一歩も出ないで記事を書く。

ジャーナリストでさえもそうだ。

だから「こたつ記事」なんて言葉が世の中に出まわり、実際に出版社も金がないから、その原稿にOKを出す。

時代といえば、それが時代だろう。

だが、宗介はそんな時代であっても、抗いたいと思うのだ。

壁掛けの時計を見る。

（五時か）

宗介はいつものように更衣室で清掃服に着替え、夕方のオフィスに入っていく。

他の連中はみな、定年後に働きに来ている高齢者と外国人。

若いのは宗介だけだ。

何かを隠しているかも知れないので千夏には会いたくなかった。なので宗介は青い帽子を目深に被り、目立たぬように仕事を全うしていた。

幸い研究所の棟は別にあるため、顔を知っている研究員たちと会うことはない。

清掃員となって三週間が経っていた。

モップを持って受付を通ると、いつものように受付嬢が微笑んでくれた。

「こんにちは。あら、今日は遅いんですね」

「ああ、どうも。ワックス入れるんですよ。今日は深夜まで」

「それは大変ねえ。ご苦労様」

受付嬢の麻生久美とは、ここ三週間でだいぶ仲良くなった。

普通は清掃員と受付嬢なんて接点はないが、宗介がここにきたばかりの頃、

「クルマ、駐車場に入れといて」

と、久美にキーを投げてきた乱暴な客がいて、久美が困っていたところに宗介がクルマを誘導させて助けたことがあったのだ。

それ以来、普通に親しくなって、こうして世間話をするまでになった。

「ワックスも大変でしょう。この会社、広いから」

久美が優しく話しかけてくれる。

「広いですよねえ。それになんか人も多いし……」

「そうねえ、去年ぐらいからかしら、見ない顔の人も増えてきて」

見ない顔?

そう言われると、取材に来ていたときはこんなに人はいなかったような気がする。

(去年か……何があったんだろ)

考えてると、久美が見つめてきていて宗介はハッとした。

「あ、何ですか?」

「ううん。なんかいっつも難しい顔してるから」

「そうですかね」

見つめられて、ちょっとドキッとした。

（それにしても、美人だな、この人も）

北川のところもそうだったが、余裕のある大きな会社の受付は、やはり容姿で選ぶんだろう。

久美は四十二歳のベテランの社員だ。

だが、かなり若く見える。

ふわっとしたセミロングの黒髪に、大きくて丸っこい目。

顔立ちは可愛い雰囲気だが、しかし首から下はなんともいやらしかった。

グレーの制服に包まれた身体が豊満で、太っているのではなく、ムチムチして柔らかそうなのだ。

可愛いのに色っぽいのは、この男好きする身体つきのせいもあるだろう。

それでいて性格はおっとりしていて、清掃員の宗介にも気兼ねなく接してくるくらい親しみやすい。

いい女だな。普通に飲みにでもいきたくなる美女だ。

これで、中学生の息子がいる人妻というから、びっくりだ。

話していたそのときだ。

黒いスーツの男がやってきたので、宗介は脇にどいた。

「こんにちは。お約束でしょうか」

久美が訊くと、男はぞんざいに、

「ああ、開発部の古賀さんを頼む。十七時からのアポだ」

横にいて、モップを直しているフリをしていた宗介に、千夏の上司の名前が飛び込んできた。

（古賀さんか……）

受付に立つ男の顔をちらりと見た。

どこかで見たことある。

考えていて、あっ、と思った。

大手広告代理店Ｄ社の、新堂だ。

以前、仕事でＤ社に行ったときに、プレゼンをやったことがある。

眼鏡の似合うインテリヤクザみたいな男で、仕事はできるのだが、あまり感情を表に出さない男だから、なんともやりづらかった。

（広告屋だったら、相手は広報部かＩＲだろうに）

どうして開発の連中を直接訪ねるんだろうと、ふと疑問に思った。

しばらくして白衣を着た古賀が現れたので、顔を知られている宗介は、大きな柱の陰に隠れる。

こっそり見ていると、ふたりは仲良く談笑し、連れだって中に歩いていった。

宗介は再び久美のところに行く。

「研究部の人って、尋ねてくる人が多いんですかね。ずっと引きこもってるイメージがあるんだけど」

久美は「そうねえ」と考える顔をした。

「新堂さんも来るようになったのは最近かしら、ホントに去年今年で尋ねてくる人がすごく増えたのよねえ。保福省の人なんかも来るようになって。前はそんなに偉い人が来ることなんてなかったのに」

「へえ。景気が良さそうでいいじゃないですか」

適当なことを言って、掃除の仕事に戻っていく。

何かあるんだろうなと、宗介は直感した。

6

その夜。

ワックスがけは、本社のロビーや営業部などの一部署だけだったのだが、思わぬチャンスがあった。

研究棟はガチガチのセキュリティで、とても潜り込めそうにないと諦めていたのだが、久美が大量の資料を研究棟の地下に持っていかねばならなくなって、手伝うことができたのだ。

研究棟はクリーンルーム化されているが、地下だけはされていない。

そんな地下だが行ってみると、レイアウトが変わっていた。

それどころか、立ち入り禁止のコーンが立っていて、ロープが張られている。

「あれ？　こんなでしたっけ？」

宗介がファイルを抱えながら訊くと、台車を押しながら横を歩いていた久美が「え？」という顔をした。

「前に来たことあるのかしら、えーと……」

彼女が宗介の胸の名札を見た。

「鈴木(すずき)です。鈴木宗介」

もちろん偽名だ。普通の名字にしておけば、早々に間違うこともない。名前は別にバレないだろうから、書類には漢字だけ変えて提出しておいた。

「鈴木くんね。以前もここに？」

「いえ……その……この会社の清掃をする前に、建物内部の説明を受けたんですが、そのときとレイアウトが違うような気がして」

とっさに嘘をついた。

久美は「よく覚えてるわねえ」と感心していたが、不審がる様子はない。

「去年、改築したのよね。なんだか急な工事だったわねえ。中は新しい実験室って聞いてるけど、よくは知らないわ。まあ研究棟は機密情報ばかりなんだけど、でも、どんな実験をしてるのかしら」

妙な感じだった。

というのも、千夏からそんな話は聞いたことなかったからだ。

彼女はよく仕事の話をしてくれた。細かな出来事も教えてくれたのだ。その彼女が自分のオフィスの増改築のことを言わなかったのには違和感がある。

（ホントにごく一部の人間しか知らないのかな？）

あれが新薬の実験室だったら、かなりいいネタになるのだが、さすがに中には入れそうもない。

「でも、これじゃあ資料室も入れませんよ」

ロープの前で宗介が言うと、久美はロープをくぐって入っていく。

「いいんですか？」

「資料室に行ってくるだけなら、ＯＫをもらってるのよ」

宗介にとってはラッキーだった。

ふたりで廊下を歩いていく。資料室は突き当たりだ。その途中にやたら真新しいドアがいくつもあった。

新しいドアには何も書かれていない。

妙な感じだ。

何か音でもしないかと耳をすますも、音は聞こえずに、鼻先には嗅いだことのない甘い匂いが漂ってくるだけだ。

（なんか不思議な匂いだな。なんだろ……）

そんなことを考えているときだ。

「キャッ！」

久美が転んで悲鳴を上げる。

見れば、台車が段差に引っかかって、つっかえてしまったのだ。

台車に乗っていたファイルがすべて散乱してしまった。宗介は慌てて持っていたファイルを置いて、久美のところに行く。

「大丈夫ですか?」

近づいてドキッとした。

倒れている彼女のタイトスカートがめくれて、むっちりとした太ももが露わになっていたからだ。

ナチュラルカラーのパンティストッキングが光沢を帯びていて、太ももをよりいやらしく見せていた。脚はすらりとして長いのに、太ももは付け根に近づくほど、量感たっぷりのすばらしいボリュームを見せている。

(キレイな脚だな……)

見ていると彼女は頭を振って、ゆっくりと起きあがった。

「どこか、ぶつけませんでした?」

「いえ……平気よ」

彼女がこちらを見た。

なんだかぼうっとして、大きな目が潤んでいる。

「あの……ホントに大丈夫ですか?」

心配しながらも、久美の雰囲気が変わったような気がして、宗介は訝(いぶか)しんだ顔をする。スカートの裾を直しながら立ちあがる仕草が、妙に艶っぽい気がした。

「ごめんなさい。拾ってもらえる？」

「え……あっ、はい」

慌てて宗介は、散らばったファイルを拾う。

しかし、意識は久美に向かってしまう。

制服の胸は豊かなふくらみを見せ、タイトスカートに包まれたヒップのまろやかさは、見ているだけで息がつまりそうだ。

今まで以上に女を意識してしまうのも、彼女が急に色っぽい雰囲気を出してきたからである。

（麻生さん……なんか様子が急に変わったような……へんだな）

あまり眺めていると不審に思われてしまう。

そのときだった。

久美がしゃがんだまま、こちらを向いて落ちていたファイルに手を伸ばす。

（えっ……！）

息がつまった。

彼女の膝が、左右に大きく開いたのだ。

美熟女のタイトスカートの奥が、宗介の視界に飛び込んできた。スカートの奥にわずかにパンストに透けたベージュの布が覗いている。

（な、何をしてるんだ。パンティ、見えちゃってるぞ……）

慌てて視線をそらすも、もう刺激的な光景が頭の中に焼き付いてしまう。

無防備な人だ……と思うのだが、わざとらしすぎないか？

と思い、ちらっと久美の顔を見る。

久美の顔が紅潮していた。恥ずかしそうにしているのも、こちらを意識しているからだろう。

四十二歳の人妻で、中学生の娘がいると聞いている。

標準的にいえばおばさんだろう。

だが、十歳は若く見えるし、何よりも可愛らしい美人でスタイルもいいから、性的なアピールをされたら大抵の男はヤリたいと思うだろう。

ちらちら見れば、久美の膝頭はさらに左右に開かれていき、パンティがもろに見えていた。

（どうして？……俺に見せているのか？）

ベージュのパンティはデザインも色もかなり地味なものだった。

だが生活感丸出しのパンティが逆に興奮を煽る。まるでパンティの奥の蒸れた匂いが鼻先に漂ってきそうだ。

なのに、彼女は隠す素振りを見せない。

そのときだ。

久美がぼんやりとした目で、こちらを見つめてきていた。

7

「ウフフ。見えちゃった？」

久美が迫ってきた。

「えっ……いえっ……」

見えてるというより、見せているじゃないですか。

それは言わずに黙っていた。

久美は怒るでも軽蔑するでもなく、ウフフと妖しげな笑みを見せてきて、宗介の手を取り立ち上がらせる。

何をするかと思ったら、通路の角を曲がったところまで宗介を引っ張っていくと、いきなり抱きついて唇を押しつけてきた。

(えっ?　なっ!)

固まった。

今の今まで、彼女が誘ってくるような前兆はなかった。

というよりも、だ。

こういった関係を誘ってくるような素振りも、一切なかったから戸惑った。

「ど、どうしたんですかっ」

唇をほどき、宗介は訊いた。

「ウフフ。だって、うれしかったのよ。こんなおばさんのスカートの中を見て興奮してくれるなんて。もう夫とはずいぶんしてなくて、女だってことを忘れちゃいそうだったのよ」

「えっ……」

そうだったのか、と納得する部分があるが、だからといっていきなりすぎる。

「そ、それにしたって……」

「いいの。だって、私……もう……すごく熱くって……ねえ、ねえ……私とじゃいやかしら。それならやめるけど」

久美がぐいぐいと迫ってくる。

制服の胸が押しつけられていた。

上目遣いに見つめてくる。

欲情を孕んだ目つきだ。欲しがっているのがまるわかりだった。

こんな美しい熟女が、熟れきった身体を押しつけて、濡れた目で見つめてきているのだ。

どうにかならない男などいるわけない。

「……あン……ウフフ……ビクビクしてるっ……」

彼女の左手が、清掃服の上から股間を撫でてくる。

しかもだ。

単に撫でるだけでなく太さや固さを確かめるような、いやらしい手つきだ。

腰が疼く。

「ウフフ。うれしいわ。私でこんなになって……」

「……そんな……麻生さんは魅力的ですよ」

本音を言ったつもりだった。

久美は照れたような表情をした。

「あら、ありがとう。鈴木くん、名前は？」

「えっ、あっ……宗介です」

「宗介くんね。可愛いわね、独身？」

「えっ……いえ、結婚してます」

三十にもなって可愛いもないだろうが、ひとまわり年上の人妻からすれば、まあ、子ども扱いだろう。

「そう……じゃあ、あとくされがなくて、いいんじゃない？」

久美が過激なことを言いながら、しゃがんで清掃服のベルトを緩め、ズボンとパンツに手をかけてきた。

「ちょっ……麻生さんっ」

慌ててズボンを両手で押さえるも、
と、強引にズボンとパンツをズリ下ろされた。

「久美でいいわ。ウフフっ」

とたんに、ぶるんっと唸るように屹立が飛び出した。久美に撫でられただけで臍につきそうなほど勃起してしまっている。かなり恥ずかしい。

「若いのね、すごいわ……」

彼女はため息をつきながら、肉竿に手をかけてシゴきつつ、顔を寄せて舌を這わせてきた。

「うっ！」

いきなりイチモツを舐められて腰がとろけた。

腰を引こうにも通路の壁を背負っているので、これ以上は逃げられない。

「麻生……久美さん……ちょっ、い、いきなり……」

彼女を見下ろすと、久美は舐めながら見上げて、にこっと微笑む。

「欲しいのよ。宗介くんもこんなになって……ねえ、苦しいんでしょう？」

久美は目のまわりをねっとり赤らめながら、大きく口を開けて咥え込んできた。

「……！」

生温かい口の中で、切っ先が舌で舐められていた。

しかもだ。久美の舌は鈴口やカリの裏側など、男の気持ち良い部分を的確に刺激してくる。

「あ、ああ……く、久美さんっ……」

気持ちよすぎて脚が震える。立っているのがやっとだ。

下を見れば、久美はずっぽりと根元まで咥えて、美味しそうにおしゃぶりを続けている。

「くああ……ま、まずいですよっ……誰か来たら……」

壁を背にしたまま、宗介が切羽詰まった声を出すと、久美はペニスをしゃぶるのをやめて立ち上がり、壁に手を突いてタイトスカートに包まれた尻を突き出してきた。

「じゃあ急いで……私も……お願い……」

豊満なヒップがくなっ、くなっと揺れている。

もうこちらもガマンできなかった。

どういうつもりかわからないが、欲しがっているのは間違いない。ここまでできてやめるなんて、健全な男としては無理だ。

宗介は久美のタイトスカートをズリ上げ、パンストとベージュのパンティに手をかけて膝まで剝き下ろした。

巨大な真っ白い尻が露わになる。

深い尻割れの下部に、薄いピンクの媚肉が、ヨダレを垂らすように愛液をしたたらせて息づいていた。

「すごいな……」

驚きつつ、指を割れ目に差し入れると、

「あううっ！」

久美が顎をつきあげ腰を震わせる。

（あ、熱いッ……）

熟女の秘部は、想像以上にぬかるんでいた。

匂いもすごかった。

久美の汗ばんだ匂いと、獣じみた女の恥部の生々しい匂いが混ざり、なんとも
いやらしい芳香を放っている。

「ああン……だめぇ……指じゃなくて……早くぅ……」

熟女が肩越しに物欲しそうな顔を見せてきた。

大きな目がうるうるしている。

「い、いいんですね」

「ああ……ねえ……ねえ……」

両手を壁について、尻を突き出していた久美が、自分の首に巻いたスカーフを
抜き取り、背後にいる宗介に渡してきた。

8

「……ねえ……お願い……縛って。これで両手を縛って……」

「は？」

いきなりのアブノーマルプレイのお願いに、宗介は焦った。

「お願い……それがいいの……縛って……犯して……」

肩越しに見せる目が、本気で「シテ」と訴えてきている。

（し、縛るって……）

宗介は戸惑いつつも、彼女の両手を壁に押しつけてひとまとめにし、スカーフをねじったもので両の手首をしっかりと縛った。

「ああ……」

彼女は手を縛られて、恥ずかしそうにはにかんでいる。

（しかし、いきなりセックスしてってのもすごいけど、初対面でこんな性癖を見せてくるなんて……よっぽど欲求不満だったんだな）

付き合いが長かったとしても、自分から縛って、という女性はそうはいない。

宗介にとっても初めての経験だ。

ちょっと不安もあったが、しかし、女性の抵抗を奪うというのは興奮する。

そんな昂ぶったまま、立ちバックから久美の湿った肉溝に硬い切っ先を当てた。

「あっ……ああ……入るっ、久しぶり……」

久美が早くも歓喜の声をあげる。

縛られた両手の指をギュッと握り、久美は背中をのけぞらせて立ったまま、大きく喘いだ。

「あ、あんっ……硬いっ……すごいっ……ああんっ……」

お尻を突き出した格好で、久美はせつない喘ぎをこぼす。

宗介は久美を背後から抱きしめつつ、前にまわした手で制服の胸のボタンを外し、中に着たブラウスも脱がせていく。

すべてのボタンを外して前を開けば、ぶるんっ、と、うなるように白いおっぱいが現れる。

わずかに垂れてはいるが、それでもまだ若々しい張りがあった。

背後から鷲づかみして揉みしだけば指が沈み込んでいき、たわわな乳肉が形をひしゃげていく。たまらない揉み心地だ。

「あんっ……はあっ……あああっ」

ねちっこくふくらみに指を食い込ませていくと、熟女の吐息はますます色っぽくなる。同時に乳首もシコってきて、それを指で押しつぶせば、

「あああっ！」

悲鳴に近い歓喜の声があふれて、もっと、とばかりに尻を振って宗介の股間に押しつけてくる。

（うっ！）

押しつけていただけの先端が、そのまま、ぬぷぷぷ、と、ねばっこい音を立てて奥まで挿入されていく。

「ああんっ……いきなり奥まで……ああん、いやっ……」

久美はイヤイヤしながらも、さらに腰を淫らに振っておねだりする。膣奥から新鮮な蜜があふれ、早くも肉襞が柔らかくペニスを包んでくる。

「くううっ……久美さんっ……気持ちいいっ」

宗介も声をあげた。

それほどまでに、久美のおま×この具合がよかったのだ。

さすが四十二歳の人妻だ。

結構使い込んでいるのだろうか。襞が柔らかくて、ぬるぬるしていて、なんとも心地よかった。

その気持ちよさに翻弄され、宗介は夢中になって、美しい熟女を立ちバックのまま突き上げる。

「んんっ……ああ……いきなりっ……」

激しく突き入れられた久美が、困惑した声をあげる。

さらに打ち込むと、

「あっ……あっ……あぅぅ……」

久美がビクンビクンと痙攣を始める。

その感じ方が、いやらしすぎる。

もっと激しく突き入れる。

「はあああ！　ああんっ。だめっ……はううううんっ」

久美の声が、いっそう艶めかしいものに変わっていく。

肩越しに見せてくる顔は、今にも泣き出しそうで、その淫靡な表情がますます宗介の興奮に拍車をかける。

「あううんっ……だめっ……だめっ……イッちゃうッ……そんなにしたら、だめぇ、イッちゃうぅぅん」

泣き顔で久美が訴えてくる。

気持ちいい。

もっと突きたい。

だけど、限界だった。

「くうう……だめだ……僕も……」

突き入れながら、宗介はわずかにピストンを緩めると、

「あんっ、いいのよ……頂戴っ……中に出して……」

「え？　あっ……い、いいんですか？」

「いいのよ。お願いっ」

そのエロい台詞に、興奮がピークに達した。

細腰をがっちり持って、パンパンと尻肉の音が廊下に響くほど、怒濤の連打でバックからひたすら突き込んだ。

「あんっ！　イクッ……ああんっ……イクわ……」

久美が縛られたままの両手を掲げたまま、全身を、ビクン、ビクンと激しく痙攣させる。同時に膣がギュッと締めつけられた。

「ああ……俺もイキますっ……あっ……あああ……」

宗介も震えながら久美の中に、ドクッ、ドクッと注ぎ込んだ。

（ああ……出してる……久美さんの中に……こんな美人の熟女に……）

意識が奪われていくようだった。

脚にも手にも力が入らなくなり、立ちバックで震えながら、宗介は真っ白い意識の中でおびただしい量の精液を放出するのだった。

第三章　女医の痴態

1

「消えた？」

先日の打出製薬の話をネタにして、実話クライムに話を聞きに行こうとしたところに、大迫から思わぬ情報が入って拍子抜けした。

実話クライムの出版会社から人がいなくなったというのだ。

「そんなに業績悪かったんですか？　あの雑誌」

ソファに座って煙草に火をつけたところ、大迫がいつものように吸い殻の詰まった灰皿を出してくる。

「そんなに悪くないって聞いとったんやがなあ。実売十五万部くらいかな」

「この出版不況で？　かなりいいじゃないですか」

意外な部数に宗介は驚いた。

「まあ意外よなあ。裏社会、オカルト、性風俗に極道、アウトロー……こういう記事は職人たちにハマるんやて。大体現場で働いてる人間は、時間がないからコンビニで昼飯買うだろ？　そのついでに、さらっと読むような感じやな。うまいところで商売してたんや」

確かにコンビニに結構置いてあるなあとは思っていたが、なるほど、そんな需要があったわけか。

「じゃあなんで……」

「危険な商売やからなあ。一応、半グレやら暴力団やらとは友好関係結んどるけど、一歩間違えればすぐ詰められる。今回も下手うったんちゃうかなあ」

なるほど。

そういえば実話系の週刊誌は、なにかトラブルがあると、名前を変えてまた出版されると聞いたことがあるが、そういう事情がつきまとうわけか。

「逃げたとしても、簡単にはいかんでしょう」

「いや、すでに書店やコンビニではもう引き上げる動きが出始めとる。民間の信用調査会社が中に入ったんやが、調査報告では《事業活動が確認できない》とあったらしいで。なんせ会社ごと消えたんやから、そりゃそうやけど」

「どういうことです?」

宗介は長くなった煙草の灰をテーブルに落としてしまい、慌てて手で払いのけた。

「床に落とすなや。まったく……そんでなんだっけ。そうそう、会社はもぬけの殻だったんやと。実話クライムの編集部はたかだか五人であとは外部の人間や。その五人が消えて、今、外部スタッフが必死こいて対応しとるらしい」

「となると、社長も……」

「オーナー社長は日暮(ひぐれ)というんやが、もちろん雲隠れや」

不穏だった。

まあ弱小出版社ならありえるかもしれないが……とにかく連絡が取りたい。

「……大迫さん、編集部に知り合いはいません?」

「おるけど、当然、音信不通やで。仲間内に聞いても知らんいうとるし。今頃、東京湾あたりに沈められとるんちゃうかな」

大迫が冗談とも本気ともとれそうなことを言う。

「まいったなあ……」

宗介は煙草をまた深く吸い込んだ。

結局のところ、眉唾でもなんでも、ガンの新薬記事を書いたのは確かなので、いけばなにか情報はもらえるかと思っていたのだ。

「……この前のガンの薬の話か」

「ええ。打出はやっぱりなにかおかしいですよ。急に知らない業者が出入りするようになったらしいし……D社の新堂が直接、研究開発の部署を訪ねていくなんて」

「そない珍しいか？　取材かもしれん」

気難しい顔をした大迫は、煙草をくれとジェスチャーする。

一本渡してやると、火をつけてうまそうに煙を吐いた。

「大迫さん、この前はこの話、やけに乗り気だったんじゃないんですか？　なんか急に冷めてません？」

言うと、大迫は笑った。

「いやいや、面白い話やと乗っただけやで。そんなでかすぎる陰謀論なんか、本気になんかしとらんよ」

「でも、打出はなにか新薬の治験をやっている形跡があるし、研究開発部も大きくしてる。普通は新薬治験が始まったら、大々的にPRするでしょう？　株価が動くんですから」

「表に出しちゃあかん薬なんちゃうか？　イモリの黒焦げとか、とかげに尻尾とか入れてぐつぐつ煮るとか」

　大迫はどうも本気にしていない。

　宗介がじろりと睨むと、煙草の灰を落としながら、大迫は神妙な顔つきをした。

「しかしなあ……ホントに実話クライムに書いてあるように『保健福祉省の闇。ガン治療薬で大もうけ』やったら、スクープどころじゃあ、すまんぞ。ウチらみたいな弱小がつかめるようなもんじゃない」

「でかいネタってのは、意外に小さいところから漏れるもんですよ。とにかく、もしそんなものがあるんなら、記事にしたいのはもちろんですけど、何が何でも手に入れたい」

　宗介は煙草をもみ消した。

　力を入れすぎたせいで、吸い口まで潰れてしまう。

それを見ていて大迫が真面目な顔をした。

「せやな……かみさんの治療にも関わるんやから、無碍(むげ)にはできんな。俺も編集部の連中にねばって連絡取ってみる」

それにしても、いやなタイミングだ。

編集部が姿を消したのが、ガンの新薬のネタのせいだったら……考えすぎか。

2

千夏に会いたかったが、久美とのことがあったので躊躇してしまった。

いや、千夏が浮気相手なのだから、それもへんな話ではあるのだが、千夏に対してはやはり特別な思いがあるので、後ろめたかったのだ。

連絡すると、飲みにいかないかと誘われた。

打出製薬の近くのバーが指定だ。

半年前まで千夏とよく行っていたなじみのバーではあるものの、先日まで打出製薬には清掃員として潜入していたから、あまり近づきたくもなかったのだが、まあ清掃服でなければ気づかれないだろうと思って、そこでいいと伝えた。

バーに到着して宗介はカウンターに並んで座り、ビールを注文する。

千夏は先日とは違って、少し落ち着いた様子だった。

あのときは妙なフェロモンをにじませていて、なんとなくだが抱かれたがっているように見えた。

だが今日の千夏は凛としていて、知的な美貌を輝かせている。

ジーンズにブラウスというラフな格好だから、そう見えるのだろうか？　先日の千夏は珍しくタイトミニスカートを穿いていたが、そんなフェミニンな格好をしていたから、女らしく見えたのだろうか？

「悪いな、遅くなって」

「ううん……いいのよ。久しぶりに飲みたい気分だったから。どう？　奥様の調子は」

千夏はグラスに手を置きながら、いつものように訊いてくる。

「よくない。この前、転移したのは話したっけ」

カウンターの中にいたマスターから、ビールを受け取りながら答える。

「えっ……そうだったの」

「ああ。肺への遠隔転移だ。放射線治療も始めるかもしれない」

グラスを合わせてから、宗介も訊いた。

「旦那の方は？」

千夏は首を横に振った。

「よくないわ。一度は寛解してるから、余計にショックよ」

声をひそめて、そうつぶやいたあとに千夏はグラスを呷った。

「なあ。旦那に負い目があるって言ってたよな」

千夏が眉をひそめた。

「そんなこと言ったかしら」

「言ったよ。やってはいけないことをした、ということも言ってた。なあ、もしかして、何か出回っていない治療薬とか使ったんじゃないのか？」

思い切って言ってみた。

彼女は少し驚いた風で、焦った様子はなかった。バーが薄暗くてわかりにくいが表情も硬くないようだ。

「いきなりなあに？　そんな魔法みたいな薬、あるわけないいじゃない。夫の場合はたしかにステージ4レベルでの寛解だったから驚いたけど、東湾ではさまざまな治療があって……免疫治療を試してからよ、劇的に変化したのは」

「そんなにいい治療があるのか」

「うん……だけど、だめだったわ……もし負い目があると私が言ったんだったら、そのことよ。治療法を変えてよくなったと思ったけど、実際はもっと悪くなった。

彼に申し訳なくて……」

彼女は小さくため息をついた。本当にそんなニュアンスだったか？

《やってはいけないことを……私が楽になるために》

あれは治療法を変えた程度のレベルじゃなかった気がするが……しかし彼女が言いたくないなら仕方なかった。

しばらくガン治療の話をした後、ふたりで店を出た。

宗介は寝るつもりだった。

だが千夏は、

「今日はちょっと体調が悪いの……」

と言って、タクシーに乗って帰ってしまったから拍子抜けだった。

先日の千夏の積極さや乱れっぷりは一体なんだったんだろうなと思いつつ、惜しかったなあと、彼女のデニムの尻が揺れるの見つめていた。

宗介もタクシーを拾おうとした、そのときだ。

スマホが鳴って、宗介はジャケットの内ポケットから取り出して表示されている窓を見た。

北川からだった。

「どうしたよ？　こんな時間に」

「だってさあ、眠れないから」

甲高い声で甘えられて、ゾッとした。酔いも醒めた。

「……切るぞ」

「待って待って。冗談だって。ずっとゲームしてたら目が冴えてさあ。ついでに東湾のこと報告しておこうと思って」

「ついでって……たいしたことはわからなかったってことか？」

「そうねえ。でも、遠藤香澄ちゃんが入院しててさあ。サインもらっちゃった。グフフ。いい病院だねえ、東湾って」

「誰だそれは」

「知らないの？　女夫坂フォーティシックスのセンターだよ。人気アイドル」

「知らん。他は？」

「有坂朋子ちゃんもいた」

「患者のことはいいから。新薬だよ、新薬！　まず経緯を話せ」

どなると、電話の向こうで北川が「こわいなー」と、子どもが怒られたような声を出した。

「直接行ってみたんだよ、東湾に。医師の知り合いがいるからさあ。希美ちゃんと一緒に」

希美というのは、受付にいたミニスカートのギャルだ。

「それでね、みんな驚いててさあ。希美ちゃん可愛いから。腕なんか組んだら美男美女のカップルで」

「美女と野獣、というか美ギャルと雪だるまのカップルだから、みんな驚いたんだろう。というか、プライベートで行ったのか？」

「ううん。白衣を着て、ちゃんと医師交流会ってのをつくって行ったよ」

「医師交流会？」

「うん。高齢社会となった日本において、良質の医療を効率的に供給するために、ぜひ東湾病院さんと意見を交換したい……てな感じで大真面目にね」

宗介は呆気にとられた。

そんな真面目な目的で来た白衣の医者と看護師らしき女が腕なんか組んで病院

内を闊歩すれば、そりゃ注目の的だろう。

　だが、北川の父親は医師会の理事長だ。

　誰も注意できないが、ぽかんとしている様子が目に浮かぶ。

「……まあいい。で？　何がわかった」

「すごいねえ、東湾って。最新の設備が勢揃い。儲かってんだなーって。政治家の今野さんとか経済界の岩淵さんとか、知り合いがいっぱいいてさー。ガンでくたばりそうな金持ちがこぞって来るんだって。何がすごいの？　って訊いたら、あんまり言いたくなさそうだけど、独自の治療法があるらしいって」

「独自の治療法？」

　引っかかった。千夏も今、同じようなことを言っていた。

「どんな治療法なんだ？」

「それが一部の人間しか知らないらしいんだよね。免疫療法らしいけど」

「オプジーボじゃないのか？　金持ちなら払えるだろう」

　ガン治療薬のオプジーボは、一年間使って一千万円の高額だ。保険適用三割負担でも、三百万はする。

「でも、寛解率はオプジーボよりよくて、もっと短期間の投与でいいらしいよ。

どうやってるんだろうねえ。ホントに新薬だったりして」

眉唾だったガンの新薬の話も、にわかに現実味を帯びてきた気がする。

しかし、問題は新薬があったとして、なぜ公表しないのかだ。

実話クライムに書いてあったように、儲からなくなるからだろうか？

だがよくよく考えれば、画期的なガンの治療薬ができたとなれば、打出製薬は一躍世界トップの製薬会社になれるし、東湾ももっと有名になる。保健福祉省だって止めることはないだろう。

どうして？

もしかしたら、法律では取り扱ってはいけない原薬でも使用しているのか？

頭がこんがらがってきた。

「おーい、三崎ー。聞いてるー？」

スマホの通話口から北川が呼んでいた。

「あ、悪い。それで？」

「終わり」

「え？　なんだよ。もっと怪しいものがなかったかとか、調べなかったのか？」

「無理だよ。だってさあ……グフフ……急に希美ちゃんが、その……『エッチしたいの』なんて言い始めたからさあ。適当に交流会を打ち切って、ホテルに行っちゃった」

「はあ？　そんな関係なのか」

「いんや。今まで十回アタックして、成果ゼロ。一度おっぱいだけ触らせてもらったけど……それが急になんだもん。行くしかないでしょ」

欲望に忠実すぎて怒る気が失せた。

「……わかった。じゃあ、その知り合いの医師に、どんな治療なのか訊いてくれ。それか知り合いの政治家でもいいぞ」

「えー、教えてくれるかなあ」

「政治家なら、次の選挙でパパが応援しないよ、とか脅せば、大抵のことはしゃべるだろう」

「あー、なるほど」

「それと、早速次の交流会を開いて、俺を連れて行ってくれ。取材も入ったとかなんとか言って」

「三崎も行くの？　アイドルと会えるから？」

電話で長々と話をしていると、頭が痛くなってくる。

四月の夜はまだ肌寒いが、かっかしてなんだか熱くなってきた。

3

「ねえ、聞こえてるの?」

妻の典子が棘のある言い方で、聞いてきた。

岸田総合病院の病室。

宗介は典子の世話をしにきていた。

「聞こえてるよ」

ベッドの横に座り、スマホを見ていた宗介は大きい声で返した。

「聞こえてるなら返事してよ」

「ああって、言ったよ」

「そんなの聞こえないわよ。ねえ、明日はどうするのって、聞いてるのよ」

典子が見つめてきた。

布団から肩が見えている。

抗がん剤の副作用で、かなり細くなった気がした。いや、もともと細かったが、昔は細くてもっと健康的だった。

「明日は取材だ」

北川と、東湾に行く予定になっている。そこで何があるかはわからないが、とにかく行動が大事だ。

「じゃあ明日は来られないのね」

「ああ」

「もっと早く言って欲しかったわ」

妻は面倒くさそうな顔をしながら、大きなため息をついた。

「……悪かった」

一応、折れて謝った。

もっと早くと言われても、こちらは今来たばかりだ。

反論したかったが、典子が絶対に折れないのはわかっている。こちらが妥協するしかない。

宗介はまた典子を見た。

これも抗がん剤のせいだが頬がこけていた。

そのせいで、少し目がつり上がってキツい顔つきになっていた。しゃべり方も何か引っかかるような物言いばかりだ。

自分に対してずっとイライラしている。

これがあの典子か……と思う。

あの優しかった、あの可愛らしかった典子かと思う。

宗介も、ため息をついた。

千夏に救いを求めることは、いけないことだとわかっている。

それでも、今の妻と一緒にいるのは、はっきり言って、つらい。

だから。

だからこそ、なんとか効果のある治療法を探して典子を元に戻したい。

そのためには、一縷の望みでも、陰謀論だとしても、どうしても新薬があるなら探し求めたいのだ。

病室を出て、病院の待合室を通ると、壁掛けのテレビのワイドショーに千夏が出ていた。よどみなくコメントを読むテレビの中の千夏を、宗介はしばらくなんとなく見つめてしまった。

「どうも。院長の楠(くすのき)です」

でっぷり太った白衣の男が、分厚い手を差し出してくる。東京湾岸医療センターの院長である。なかなかの貫禄だ。

宗介が手を差し出すと、ギュッと握り返してきた。

(あたたた)

ニコニコしながら、心の中で顔をしかめる。

楠はニコッと微笑んだ。

まるで芸能人張りに歯が白い。おまけに落ちくぼんだ目が、加齢を物語っているというのに、小麦色に焼けた肌はやけにつるつるしている。

おそらく六十歳くらいだろうけど、肌や歯といった年齢を感じる部分は美容整形でもしているのか若々しい。

まるで怪しげなベンチャー会社の社長みたいだ。

東湾が最新鋭の医療器具をそろえ、やたら新聞やらテレビやらに広告を打って、それでも儲かっている様子は、ベンチャー企業みたいなものだろう。

「北川先生が目をかけているなら、鈴木先生もさぞかし名医なんでしょうな」

楠が値踏みするように、目を細めて見つめてくる。

鈴木はもちろん偽名だ。おまけに医者のフリまでしている。

バレないかと冷や汗を掻きながら横を見れば、楠と同じような体形で、こっちは真っ白い北川がニヤニヤと笑っている。

最初は『月刊メディカル』の編集部として、普通に取材しながら探ろうと思ったのだが、

「それじゃあ病院内を動きづらいし、それに万が一のことを考えて、素性は隠しておいた方がいいんじゃないの？」

と北川が言うので、同僚の医師の「鈴木宗介」という偽名で、医師の交流会というものに参加したというわけである。

「鈴木先生は、ウチのエースなんですよお。難しい病気も、ちょちょいのちょいで治しちゃうくらい」

北川が調子のいいことを言う。

（面白がってるだろ、絶対）

宗介が睨みつけても、この雪だるまはどこ吹く風だ。

楠が真に受けて、

「ほおっ」

と感心した様子を見せる。

すると、その横にいた女性が前に出てきた。

「副院長の仁藤冴子と言います」

白衣の女性が、名刺を出してきた。

宗介も慌てて名刺を渡す。

「北川総合病院内科医・鈴木宗介」という偽造した名刺である。もはや犯罪レベルだが、何かあったら北川が責任を取るだろう。

名刺を交換しながら彼女を盗み見る。

病院内なので香水など使っていないはずなのに、やたらといい匂いがする。それに目鼻立ちの整っている美人だ。切れ長の目や高い鼻梁、厚い唇、ハーフのようなくっきりした顔立ちでクールな美人だ。

肩までのボブヘアも涼しげな美貌に似合っている。

それに目がいってしまうのは、白衣越しにもわかる巨乳である。

いや、巨乳なんてもんじゃなく、男なら誰でも目にするくらいのたわわなふくらみだ。そのくせスラリとしてスタイルがいいから、より乳房に目がいってしまうのだ。

品があり、少しお高くとまってそうな雰囲気がある。せっかくこんな派手な美貌をしているというのに、女医にはもったいない。

(年は上だろうな……三十代後半ってところか)

冴子も楠と同じように、宗介を値踏みするような目で見つめてくる。

「鈴木先生は、どちらにいらっしゃったんですか?」

「どちら?　ええっと……」

ちらっと横の北川を見る。

ニコニコしているだけで、助け船は出してくれない。

「ええっと……ずっと、この北川先生のところにお世話になっていて」

「そうなんですか。失礼ですが、大学は?」

焦った。

宗介の出た大学には、医学部はない。

「えっと、その」

「北川先生と同じところですかね」

楠がそう言ったので、助かったと乗っかろうとしたら、

「いんえ。鈴木君とは大学は別で」

そう言って、北川はこっちを見た。

くらくらした。

あとで死ぬほど足を踏んでやろう。

「ええっと……慶……慶心大学で」

「え？　慶心大学？　奇遇ですな。私も慶心大学のＯＢで……ということは、世田谷の校舎かな？　あの校舎は十年くらい前に建て替えられたんだったかなあ」

楠が、うれしそうに勝手に昔話を始めた。

まずい。どんどん深みにはまっていく。

「院長。思い出話はあとにして、先にカンファレンスを始めませんか？」

冴子がぴしゃりと言った。ホッとした。

「おお、そうだな。鈴木先生、ぜひあとでまたお話を。いやあ、北川総合病院は素晴らしいですな、こんな立派な先生がいて」

楠がわかりやすい、おべんちゃらを言う。

「じゃあこちらに」

そう言って冴子と楠が先に歩き始める。

おっ、と思わず見てしまった。

白衣越しにも冴子のヒップが悩ましくくねっているのがわかる。震いつきたくなるほど肉感的な尻だ。

「いひひ、いいなあ、こういう女医さん。スカウトできないかなあ」

ノーテンキな北川の足を思いっきり踏んでやった。

4

応接室では、会議と言うよりも楠の北川へのご機嫌取りに終始していた。

北川の父親に取り入って、医師会の理事になりたいのが見え見えだ。それほどまでに医師会には利権がある。どんな利権かと言えば、医師会でとりまとめた大量の医者の票田をたてに政治家まで動かせるのだ。

権力欲のある人間からすれば、大きな魅力だろう。

「それにしても東湾って、すごいよねえ。ここんところガンの寛解率が、めちゃくちゃいいんでしょう?」

北川がお茶うけの和菓子をぱくぱく食べながら、いよいよ本丸に切り込んだ。

「いやあ、まあ現場の医師が一生懸命やってくれてますからね」

楠が胸を張る。

「ちなみにどんな治療をされてるんですか？」

宗介が訊くと、前のソファに座る冴子が真顔で見つめてきた。

「通常の免疫療法ですよ……その資料にあるとおりの」

宗介は一枚の資料を眺めた。

いくら医療系のライターといえども、こう専門用語の並ぶ資料は読み解くことができない。

だが、そこに特別なことが書かれていない、というくらいはわかる。

そう思いつつ眺めていると、北川がけろりと言った。

「ふーん。適正なタイミングで適正な薬ねえ。ねえねえ、もしかして治験の終わってない治療薬を秘密裏で投与なんかしてないのかなあ？」

宗介は顔を引き攣らせる。

あほかっ、と思ったが、冴子を見ると、一瞬ギョッとした顔をしていた。

それをフォローするかのように楠がけらけら笑う。

「北川先生、そんな薬があったら、とっくに発表してますって」

「だよねえ」

北川もけらけら笑う。

こういうときに、この雪だるまの何も考えてないような顔は便利だ。

（ふーん。仁藤冴子か……）

気のせいかも知れないが、新薬の話をしているときに限って、どうも反応が大きかったような気がする。やはりこの病院には、何かあるんじゃないだろうか。

東湾の喫煙所で待っていると、ようやく北川が戻ってきた。

「はいこれ」

渡されたのはＩＤカードだ。

自分の顔写真と「鈴木宗介」の名前が書いてある。

「なんだこれ」

「この病院のＩＤカード。これで夜とか忍び込んでも平気でしょ。調べるなら夜がいいし」

ぐふふと笑う北川は、ノリノリのようだ。

「どうやってつくったんだ、これ」

「いや簡単。知り合いがここにいるっていったでしょ。そいつのＩＤカードをコピーさせてもらって、つくったの。なんか怪しかったよねえ、あの美人の女医さん」

　宗介は驚いた。

「おまえもそう思ったのか？」

「うん。あんなにおっぱい大きい女医さんはいないよ。あれはニセ乳。絶対に怪しいよ」

　真顔で言われて、ため息が出た。

「……じゃあ、忍び込んで、たしかめてきてやるよ」

「約束だよ」

　北川の鼻息が荒い。真面目に話すのはやめようとげんなりしつつ、喫煙室を出て通路を曲がったときだ。

（ん？）

　通路の突き当たりのところに千夏がいた。

　千夏と話しているのは例の仁藤冴子だった。

　車椅子の男が横にいる。千夏の旦那だ。

（今日は一日、仕事をしてるって言わなかったか？）

　と思ったが、まあ急に旦那のところに来ることだってあるだろう。

宗介は角のところに隠れながら、千夏たちを見つめていた。旦那の姿に違和感を覚えた。以前見たときよりも、もっと瘦せこけているではないか。

会話している最中に旦那が咳き込んだ。その背中を千夏が優しくさすっていた。

甲斐甲斐しく世話をする千夏の顔には、慈悲深い笑みが浮かんでいる。

「どうしたの？　おっ、巨乳女医さんじゃないの、あれ？　それに千夏さん？」

北川が後から来て、弾んだ声を出した。

慌てて首を引っ込めさせ、

「行こう」

と行って、宗介は北川の腕を引っ張り、千夏たちと反対方向のエレベーターに向かって歩き始めた。

わかっている。

千夏が旦那を愛していることなんか、百も承知だ。

それでも、見ていると胃の奥がちりちりと痛んで、どうにも不快だった。

5

深夜。

北川のつくったＩＤのお陰で、警備員をだまし、うまいこと東湾に潜入できた。でかい病院で白衣はそうそう目立たない。

それにしてもだ。

楠の言うとおりで、もし新薬が本当にあったとしたら、隠しておくメリットが見つからなかった。ちなみに北川に頼んで、この東湾で寛解した患者に訊いてもらったのだが、特に目立ったことをしたわけでなく、楠や冴子の言うとおり免疫治療を行っただけらしい。

患者の中には、余命六カ月と言われてガンの保険会社から生前給付金を受け取った男もいた。それなのに寛解したのだ。当然保険会社は本当に余命六カ月だったのか調べたが、不審なところは見つからなかった。奇跡だった。

（薬はあるのか、ないのか？　あったとしたら、なぜそのことを隠す？）

金か？

いや、金なら新薬を発表した方が余計に手に入る。

権力か？

ハニトラで政治家を動かすように、治療を持ちかけて政治家を動かすとか。

いや、それも難しいだろう。なぜなら狙った政治家が、うまい具合にガンになってくれるわけがないからだ。

ただ、何かある。

もし新薬が本当にあるとしたら、ごくごく一部の人間しか知らないはずだ。そこで宗介は冴子を調べてみようと思っていた。

副院長室は三階のはずだ。

深夜の医師用のエレベーターを使い、すれ違った看護師や医師に適当に挨拶しながらも副院長室に向かっていたときだった。

冴子が部屋を出たのが見えた。

慌てて宗介は後を追う。

（しかし、いい女だよな）

白衣の似合う知的な女医、というのはいい。

男なんて、という高慢さも見て取れるが、それもまたいい。

(いや、いかん。そんな場合じゃない)

宗介は邪な気持ちを抑えつつ、そっと後からついていく。

冴子は何かそわそわして、落ち着かない様子だった。周りのこともあまり気にならないようで、足早にどこかに向かっている。

そのおかげで簡単に尾行できていた。

彼女は病院の裏手まで行き、裏口のドアのセキュリティにＩＤカードをかざしてドアを開けて外に出てしまった。

(まずい)

宗介も慌ててドアに駆け寄るが、もう締まったあとだ。

ダメ元で偽造のＩＤカードをセキュリティにかざしてみたら、普通に開いたので驚いてしまう。

どれだけ精巧につくったんだと感心しつつ、冴子の後を追う。

冴子が歩いていったのは駐車場の建物だった。病院の駐車場は表にあるので、裏にあるのは、職員専用の駐車場なのだろう。

(どこに行ったんだろう?)

向こうから見られないように背を低くして、クルマの下から冴子の脚が見えないか覗いてみた。

しかし、いない。

まいったなと駐車場の突き当たりまで行ったときだ。

「あっ……」

かすかに女の声が聞こえたような気がして、その声を頼りにクルマに近づく。

声が聞こえてきたのは大型のＳＵＶ車の中からだ。薄くスモークのようなものが貼られているから中が見えない。

だがこういう暗い場所でも用意はある。宗介はスマホの赤外線撮影アプリをオンにして、そっとＳＵＶ車の窓に近づけてみた。

（あっ！）

思わず声を出しそうになり、慌てて口を塞いでスマホを下ろした。

冴子が後部座席にいた。

それだけならいいのだが、冴子は大きく足を開いて、自分を慰めていたように見えたから慌てたのだ。

（いや、目の錯覚だよな……）

もう一度スマホを向けると、間違いなく彼女は右手をタイトスカートの奥に忍ばせている。耳を近づけるとかすかにハアハアと息を荒らげる音も、聞こえた気がした。

白衣の似合う知的な女医が、勤務時間中に抜け出してオナニーしている。そのことに興奮し、宗介は股間が痛くなるほど見つめてしまっていた。

「だ、誰？」

そのときだ。クルマの中から声がした。

（まずいっ）

逃げようかと思ったが、しかし、これはチャンスだと思った。

オナニーシーンをばっちり撮影できているのだ。それを見せれば、知っていることを吐かせることができる。

思い切って後部座席のドアを開ける。

「す、鈴木先生っ」

冴子がギョッとした顔で、見つめてきた。

白衣の下に着たブラウスのボタンがすべて外れ、薄いブルーのブラジャーが見えていた。膝丈のタイトスカートから覗く太ももに、パンティストッキングとブルーのパンティが丸まったままからみついている。

「どう、どうしてっ……どうして鈴木先生がこんな時間に……それに、の、覗きなんてっ！　出ていって……ッ」

「すみません。でも、訊きたいことがあるんですよ、仁藤先生」

「そ、それなら……こんな時間でなくても、連絡をくれれば」

「急いでるんですよ」

「な、何を……」

冴子は真っ赤な顔をして、恥ずかしそうに目を伏せている。

クルマの中はオナニーの淫靡な匂いが漂っている。

「それにしても、家に帰るまでガマンできないなんて……仁藤先生、かなり溜まってるんですかね」

「何を言ってるの！　声を出すわよ」

「出してもかまいません。さっき、赤外線アプリで、クルマの中の様子も撮影しちゃったんですよね」

クールな美しい女医の顔が羞恥に歪んだ。

「きょ、脅迫するつもりなの？　一体何が目的なの？」

「ガンの新薬ですよ、仁藤先生」

冴子がハッとした顔をする。

「なんのこと？」

「ウチの北川先生が昼間、言ったでしょう？　治験もすんでいないクスリを患者に投与して寛解させてるんじゃないかって」

「バカなこと。そんなメリットはウチにないじゃないの」

「そうなんですよね、そこなんです。それはわからない。だけど打出製薬と裏でつながっているのはわかっているんですよ」

「証拠は？」

「ありません。だけど、ないと困るんですよ、こっちは……打出製薬の真辺千夏を知っているでしょう？　その旦那に投与したんでしょう？」

ほとんど仮説ではあるが、しかし、冴子は強張った顔をした。

「してないわ、真辺さんはまた悪くなったのよ。そんな夢みたいなガンの新薬があれば、あんなに悪くならないわ」

「知ってます。それも治験の一部だったんじゃないですかね。人体実験だ」

「そんなことしてないわよ。出てってよ」

言葉では撥ね除けても……だ。

凜とした美貌が羞恥に歪んでいて、目の下がねっとりと赤く染まっている。

おそらくオナニーで昂ぶっていたのだろう。

知的な女医からは、ムンムンとした熟れきった色香が匂い立つ。今まで気がつかなかったが、左手の薬指には結婚指輪らしきものが嵌められている。

（人妻か……）

昼間のうちに調べたから年齢だけはわかっている。

三十六歳。女盛りであるものの、やけに色っぽいと思っていたが、やはり人妻だったらしい。

ちらりと見えるブルーのブラと、太ももにからまるパンティストッキングとブルーのパンティが宗介の欲情を誘ってくる。

「出ていけなんて……ひとりで慰めるなんて楽しくないでしょう？」

宗介はクルマの厚いドアを閉めた。

さすが高級車だ。ドアを閉めれば外の音がまるで聞こえないし、後部座席も広くて快適だ。

宗介が近づくと冴子はイヤイヤしながら、両手で自分の身体を抱きしめて強張った顔を見せている。だが、ドアを背にしているのに、それを開けて外に出ようとする気がまったく感じられない。

(いけるんじゃないか?)

そう思い、後部座席で身体を縮こまらせている冴子に覆い被さっていく。

「い、いやっ……」

クールでお高くとまっていそうな美女が、怯えたような目を見せる。

切れ長の目や高い鼻梁、厚い唇、ハーフのようなくっきりした顔立ちで、誰が見ても美しいと感じる正統派の美人だ。

そんな高めの女が、いやと拒みつつも、そこまでの抵抗を見せない。

これほどの容姿の女としたことがないので、少し気後れする。しかし、相手が拒めないほど昂ぶっていたなら、いけるはずだ。そう自分を奮い立たせる。

後部座席に仰向けで押し倒し、宗介は女医の唇を奪った。

「んんン……」

彼女は苦しげにくぐもった声を漏らすものの、嚙んだりはしてこない。

(なんていい匂いがするんだ、この人……たまらんな)

香水ではない。

甘い体臭がまとわりついていて、くらくらする。柔肌の噎せるような濃厚な色香が男の獣欲を刺激する。

舌を差し入れようとしたら、さすがに拒まれた。キュッと唇を引き結んでいる。

だがそれでも抵抗はおざなりだ。抱きしめた細身の身体も、そこまで本気で嫌がっているようではない。

「んはっ……や、やめてっ……」

キスをほどいた冴子が、キッと睨みつけてくる。

しかし、その目は潤んでいて迫力が感じられなかった。

「欲しいんでしょう?」

煽るように言うと、彼女はイヤイヤしながらも、しかしつらそうな目をそむけてしまう。

肩までのボブヘアは、まるでシルクのように艶めいていて、切れ長の涼やかな瞳は潤んでいた。

三十六歳の人妻で、すらりとしたモデルばりのスタイルのよさ。

白衣の下ではブルーのブラジャーに包まれた大きな乳房が見えている。

下を見れば、スカートは腰までめくれ、パンティとパンストは膝まで下りているので、太ももはおろか秘めたる部分まで直に見えてしまっていた。

たまらなかった。

改めてむしゃぶりつくように彼女にキスをして、唇をちろちろと舐め回す。同時に硬くなった股間を腰のあたりにグイグイと押しつけた。

「んんっ……」

冴子が驚いたようにビクンッとした。

引き結んでいた唇が離れる。そのチャンスを逃さずに、宗介は冴子の唇のあわいに舌を滑り込ませる。

「ンッ！　んんっ……」

舌を入れても彼女は舌を噛むようなことはせず、強張ったままだ。ならばと人妻女医の口内を遠慮なく舌でまさぐった。歯茎や頬粘膜を舐め、唾をすすり呑む。

甘ったるい女の唾液の味に、ますます興奮が昂ぶる。

激しい口づけを続けていると、苦しいのか、いよいよ奥に丸めていた冴子の舌が伸びてきた。舌でからめとって強引にディープキスに興じる。

「はあっ……んんっ……んっ……んっ……」

冴子が切れ切れに漏らす吐息と、ねちゃ、ねちゃっ、と唾液のからみ合う音が、淫靡な響きで車内に響く。

キスで昂ぶったのか、組み敷いている彼女の腰が、もどかしそうに動き始める。

その動く腰つきがズボンの上からペニスを刺激してくるので、宗介はますます昂ぶり、濃厚なベロチューをしながら、白衣の下に着たブラウスをすべてはだけさせ、ブラジャーごとたわわな乳房を揉みしだいた。

「んっ……ンンッ！」

クルマの後部シートの上で、スレンダーな身体がくねる。

「い、いやあ……」

キスをほどいた冴子の口元が宗介の唾で濡れていた。大きなバストを揉みしだくたびに、吐息混じりの「いや、いや」という抗う声が漏れる。

「こんなにいやらしく腰をくねらせているのに、いやじゃないでしょう？」

「ああん……そ、そんなことしてないわ……」

そう言うものの、冴子の腰の動きはますます大きくなる。

こちらも興奮した。鼻息荒く、さらにふくらみをねちっこく揉みしだく。

ブラジャー越しだが、ふくらみの柔らかさがはっきりと伝わってくる。柔らかいのにしっかりと弾力があって、揉みごたえが極上だ。

「やめてっ……ああんっ、ああ……」

「そんなこと言って。感じてるじゃないですか」

煽りながら、胸のふくらみを揉みしだきつつ、さらに首元に舌を這わせていく。

「あんっ……感じてなんて……あっ……あっ……！」

冴子がビクッ、ビクッと痙攣を始めた。

真っ白くてなめらかだった肌が、一気に粟立ってきた。

やはり感じているのだ。

いよいよ盛り上がってきた冴子の様子を見ながら、宗介は彼女の太ももにからまっていたパンストとパンティを一気に引き下ろして爪先から抜き取る。

そうして右手で太ももを撫でつつ、いよいよスカートの奥に指を侵入させた。

「……！　だめっ……」

冴子が太ももをキュッと閉じる。だが、もう遅い。

（うわっ……）

茂った草むらをかき分けつつ、女のワレ目に指を這わせれば、そこはすでに熱く濡れていて、おもらししたように湿地が広がっている。

ムッとするような、濡れた干し草の匂いが鼻先に広がる。

「ほうら、感じてるじゃないですか。ひとりでするよりいいんでしょう？」

女医の美貌を見つめながら言えば、冴子はクールに整った顔を歪ませて、イヤイヤする。

「ち、違うの……違うのよ……」

抗う言葉も、少しずつ弱気になっている。

初めて会った男に勤務時間中に車内で隠れてオナニーしているところを見られ、さらには脅迫されて半ばレイプされている。

それなのに、こんなに濡らしている。

無理矢理犯されているのに、感じてしまう人妻。ポルノでもよくあるが、やはり快感に負けていく人妻というのは燃える。

もう止まらなかった。

苦労して女医のスカートを脱がせ、下半身をすっぽんぽんにした。

だけど白衣だけは脱がさない。

その方が恥ずかしいだろうと思ったからだ。

案の定、脱がせている途中で冴子は、えっ、という顔をした。

「フフ。せっかくの白衣だ。着たままがいいでしょう?」

煽ると、冴子はつらそうに唇を噛む。しかし、だからといって抗うことはもうなかった。

（しかし、あらためて見てもすごい身体だな）

すらりとして上背があり、それでいて胸や尻はボリュームがある。

まさにグラマーとか、ダイナマイトボディとか、そんな言葉がぴったりの日本人離れしたスタイルのよさだ。打出製薬の受付嬢の方が柔らかくて肉感的なボディだったし、千夏の腰の細さもいい。

三者三様のエロさがある。その中でも、知的な女医がエロい身体をしているというギャップがたまらない。

宗介は興奮しつつ、いよいよブラジャーに手をかけて、カップをズリ上げた。

「ああんっ……いやっ……」

ブラが緩み、冴子がわずかに恥じらい声をあげて顔をそむける。

（おっ！）

思った以上の巨乳で、薄いピンクの乳頭部はツンと上向いている。

とてもいやらしかった。

（こりゃ、ニセ乳じゃないな）

はっきりはわからないが、ネットなどで見る豊胸手術の不自然な乳房の盛り上がりは見当たらない。揺れ方も自然だ。

（北川はハズレだなって、そんなことはどうでもいいが……）

ニセ物ではないとすれば、すさまじい巨乳だ。

これほどゴージャスな身体を、夜景の似合うシティホテルでなく、病院の駐車場に停めたクルマの後部座席で披露させている、というのも淫靡でいい。

宗介は鼻息荒く、片乳を裾野からすくい上げていく。

「むうう……」

思わず唸るほど、いい感触だった。

とろけるように柔らかいのに、指を弾くような弾力もあって、ますます夢中になって両手で揉みしだいた。

「んんっ……あぁんっ……だめっ……いやあっ……」

だめと言いつつも、人妻女医の端正な美貌は悩ましく歪み、せつなげに眉を寄せる表情は、ドキッとするほどいやらしい。

オナニーしないとやりきれないほど昂ぶっていたのだ。欲情は隠しきれず、激しく興奮していることが眉間に刻まれた縦ジワから切々と伝わってくる。

「こんなに乳首を尖らせているのに、もう観念してください」

「違うわ、違うわ」

うわごとのように繰り返す冴子の乳首は、いつの間にか陥没がなくなり、円柱型にせり出していた。

その硬くなった乳首をつまみ上げながら、チュッと吸えば、

「あああ！」

冴子は腰を浮かし、頭をドアにつくほどのけぞらせる。

(すごい反応だな)

乳首が性感帯らしい。

だったらと、さらに乳首を吸い上げながら、舌でねろねろと舐め弾いて刺激してやる。

すると、

「ああ……だめっ……だめっ……」

冴子は手を上げてドアに頭がぶつからないようにしながら、汗で濡れ光る首に筋が浮かぶほど顔をせり上げる。三十六歳の女盛りの身体が、しっとり汗ばんで、白衣を濡らしている。冴子もいよいよこらえられなくなってきているようだ。

6

（ようし。もう『いや』なんて言わせないようにしてやる）

　宗介は自分の白衣を脱ぎ、ズボンとシャツも下ろして全裸になって、改めて後部座席に横たわる白衣とブラウスだけの半裸の人妻女医に覆い被さっていく。

「ああん……や、やめて……」

　相変わらず抗いの言葉を吐くものの、身体の抵抗はおざなりだ。

　宗介は完熟のボディを抱きしめ、冴子の両足の間に右足を差し入れて、ガマン汁でぬるぬるした勃起を股間にこすりつけてやる。

「あっ……あんっ」

　女医の美貌が、くんっ、と持ち上がった。

　濡れ溝に男のシンボルがこすりつけられて反応したのだ。

「欲しがってるじゃないですか」

「そんなことないわ……あ……ああんっ……」

　肌と肌とをこすり合わせていると、冴子はいよいよ前後に悩ましく腰を動かしてきた。

今までとは違い、物欲しそうな動きだ。大きな乳房も宗介の胸に押しつけられていて、腕の中で女のすべすべした丸みのある身体と、甘い匂い、そして汗ばんだ匂いがまとわりついてきて、なんとも心地いい。

もっとだ。

もっと感じさせてやりたいと、今度は身体をズリ下げていき、脚を大きく開かせた股ぐらに顔を近づけていく。

(これが美人女医のおま×こか……)

蘇芳色のびらびらが広がり、アーモンドピンクの内部が露わになっている。

膣内は濡れ光り、無数の肉襞がうごめいていた。人妻らしい、いやらしいおま×こが実に扇情的だ。

猛烈に昂ぶってきて、鼻先を近づけると、

「ああっ、やめてっ……やめなさいっ」

欲しがっていても、さすがに女の恥部を丸出しにされて覗き込まれるのは恥ずかしいらしい。恥ずかしいというのは、そこが弱点ということだ。恥部を隠そうとする冴子の手を引き剝がして、濡れそぼるワレ目に舌を這わした。

「ああんっ……」

ほんの少し舐めただけで、冴子はセクシーな声をあげて、ビクッ、ビクッと腰を震わせる。

間違いない。

クールな顔をしていても、身体は感じやすいのだ。

ならばと舌先でピンクの花びらをめくりあげて、肉襞の層に濡れた舌を差し込み、ぬぷぬぷと出し入れした。

「はああっ！　あああ……いやああ……」

冴子は泣き顔になって、激しくイヤイヤする。愛液はしとどに垂れて、妖しげな熱気とともに濃厚な牝の匂いが強くなってくる。

（やっぱり感じやすいんだな……）

駐車場のライトで照り輝いている車内で、足をあられもなく開ききった人妻女医が悶えている姿は壮観だろう。

ますます興奮して、宗介はねろりねろりと濡れたスリットを舐めまくり、さらには包皮に包まれた上部のクリトリスも舐めあげた。

舌先で薄皮を剥けば、薄ピンクの小さな粒が露わになって、それを舌の先でつ

つくと、

「ああっ……ああんっ！」

冴子が驚愕に目を見開き、ついには抑えきれない喘ぎをこぼして、尻をくなくなと振り始めた。さらに舐めれば女医は大きく身体をしならせた。巨乳が揺れ弾み、全身がガクガクと震えている。

想像以上の感じっぷりに、宗介はますます気を良くして、さらには大きくなってきたクリトリスを口に含み、じゅるっと吸い出すと、

「あっ……あっ……そこだめっ……！」

冴子は、ぶるっ、ぶるっ、と小刻みに痙攣し、ついには大きく腰を揺すって、潤んだ目で見つめてきた。首筋から耳までをピンクに染め、全身が汗まみれだ。

そして、

「あんっ……ねえ……ねええっ……もうだめっ……」

ついには人妻女医がギブアップ宣言だ。

今までの「だめ」とはまったく違うニュアンスで、鼻にかかった甘えるような声で媚びてくる。

（クールビューティが、こんなにも可愛らしくせがんできて……）

いい感じだ。宗介は冴子を真っ直ぐ見つめて、

「欲しいんですね」

「……」

冴子は無言で首を振っていたが、やがて後部座席で四つん這いになって、こちらに尻を向けてきた。

(素直じゃないか……それにしても、尻もすげえな……)

突き出してくる冴子の尻の大きさに目を見張る。

逆ハート型のむっちりしたヒップは両手でも抱えきれないほど量感たっぷりで、つるんとした白い丸みはなんともいやらしく、すらりとしたスタイルからは想像もつかなかったデカ尻だった。

これはバックから楽しめそうだと、冴子の尻に触れたときだ。

クルマの外から人の声が聞こえてきて、ふたりでハッとフロントガラスを見た。

7

白衣の男と警備員が、クルマの前を通り過ぎていったのが見えた。

「ま、前川先生……」

冴子が怯えた顔を見せた。どうやら知り合いらしい。

ふたりで息を潜めていると、すぐにクルマの真横から声が聞こえてきた。

スモークガラス越しに、ぼんやりとふたりが見える。前川という医者と警備員がなにやら話し込んでいる。

内側からはうっすら見えるが、向こうからはおそらく見えないだろう。

見えないにしても、このまま行為を続けていれば声は漏れてしまうし、ピストンすれば、クルマがギシギシと不自然に動いてしまう。

(まいったな……ん?)

冴子はスモークガラス越しに、じっと外の男たちの様子を見ていた。瞳をジュンと濡らして、目の下を赤く染めている。

(なんだこの女医さんの表情は……?　もしかして……)

冴子もいたぶられるのが好きなのか？

わからないが、たしかめようと、冴子を四つん這いにしたまま背後から覆い被さっていき、勃起を濡れる狭間に押しつけた。

人妻女医は肩越しにハッとした顔を向けてくる。

「な、何をしてるの。すぐそこに知り合いの同僚がいるのよっ」

そう言いつつも、ハアハアと息を乱していた。

目のまわりが真っ赤で、その瞳もとろんとしている。

「そんなこと言って……見られるかもしれないってスリルが、仁藤先生は好きなんじゃないですか？」

煽ると、冴子は恥ずかしそうに目を伏せる。

わかりやすい反応だった。

「ほうら、やっぱり」

だったら遠慮はいらない。逃げられないように冴子の腰をがっしりつかみ、バックから濡れた女園に亀頭を推し進めていく。

ぬるぬるしていて滑りやすい。熱く滾った肉竿が奥まで一気に嵌まり込んだ。

「ああああ……ッ」

冴子が四つん這いの背をしならせながら大きく叫ぶ。

だが、すぐにハッとして、自分の手の甲で自分の口を塞いだ。

「いい声じゃないですか。聞かせてやればいい。それに、仁藤先生のおま×こはいい具合ですよ。たまりませんっ」

宗介も思わず唸ってしまった。

冴子の膣内はどろどろに溶けて柔らかく、それでいて濡れた肉襞がカリのくびれにぴったりと吸い付いてくる。締めつけも抜群だ。

（こりゃいいぞ……美人で名器とはな）

このまま存分に楽しみたいが、そうもいかない。

宗介は愉悦をなんとかこらえつつ、激しくは突かず、ゆっくりとストロークした。

本当は激しくしたいが、じんわりとやった方が冴子は感じると思ったからだ。

「あああああっ……あっ……あっ……だめ、いやっ」

いやと言いつつ、冴子の腰が動いている。イヤイヤと首を振っていたものの、続けざま、じわじわと打ち込むと、

「ああんっ……だめっ……声が、声が……外に聞こえちゃう。んんんっ」

左手を窓につき、右手で自分の口を塞いだ。

案の定だ。スローピストンがいいのだ。しかも外に聞こえるかも知れないスリルが冴子をさらに興奮させている。

「んんっ……んんっ……だ、だめっ……お願い」

冴子は漏れ出す声を防ぎつつ、肩越しに恨みがましい目を向けてくる。

「ねえ、仁藤先生、そろそろ教えてくださいよ。ガンの新薬ですよ。何かあるんでしょう？　北川が訊いたときに、何かを隠そうとしましたよね」

「し、知らないってば……ああん、だめっ……お願い、声が聞こえちゃう……」

だめと言ってる割に、きゅんきゅんと肉棒を食い締めてくる。

「ホントはもっとして欲しいんでしょう？」

歯を食いしばり、さらに突き入れる。

「い、いやっ、だめってば……そんなにしたら、あううんっ！」

もう声も塞ぐことができないのか、冴子が泣きながら顔をうつむかせる。

しかし、そんな言葉とは裏腹に、もっと尻を押しつけてくる。

「ほうら、声を聞かせてあげてくださいよ、同僚に。美人女医のセクシーな声を存分にね」

もういいだろうと、宗介は腰を持ち、いよいよフルピッチで四つん這いの女医をバックから犯しにかかる。強く打てば、ぶわんと尻たぼが押し返してくる。その弾力が心地いい。

「あっ……だめっ……あっ……あっ……」

もう手を口に持っていくこともできないくらい、冴子は感じまくっている。

もっとおかしくなれと、宗介はパンパンと肉の打擲音が車内に鳴り響くほど、激しくストロークを繰り返す。

「横からはスモークで見えないでしょうけど、フロントガラスからは、おっぱい丸出しでバックから犯されている女医さんの姿が丸見えですねえ」

煽ると、冴子はハッとした顔を見せる。

「そんなのだめっ……ああっ！　ゆ、許してっ……お願い……前川先生がいなくなったら、してもいいから」

「してほしい、の間違いでしょう？」

さらに突き上げると、

「ああぁ！　ああん、許して……そうよ……だって、たまにこうなるのよ、院長と院長夫人の免疫療法を準備すると、なにか身体がおかしくなるの……全身が疼いて……」

「えっ？　院長と院長夫人？」

宗介はぴたりと突き入れるのをやめる。

すると、

「ああんっ、お願い……やめないで……ゆっくり、ゆっくり突いてっ……すごく馴染むの……いい、いいの……」

「新しい免疫療法というのは？」

　ストロークを再開しながら、冴子の耳元でささやいた。

「ああんっ……あんっ……知らないのよっ……打出製薬から何かを提供されたというのは知ってるの。小さな薬よ。治療しているところは見たことなくて」

「それが新薬じゃないんですか？」

「わからないわ、ああんっ……あぁっ……だめっ……だめえっ……」

と、こちらに顔を向けながらも、ますますヒップがくいくいと動いて、根元まで揺さぶってくる。

「なんでそんなことで、身体が疼くんですか……」

「ホントに、わ、わからないのよ……ただ……準備していると、身体が熱くなってきて、高熱みたいに頭がぼんやりして……ああんっ、欲しくなるのよ、ねえ、ちょうだい、もっと……ああんっ、もっとオチ×チン、奥までっ」

　ついには理性もかなぐり捨てて、冴子がおねだりを始めた。

「それって、冴子さんの元からの本性じゃないんですか」

「ち、違うわよ。ホントに。準備してるときだけ……すごく甘い匂いがして、きっとそれよ……ッ、ああん……ああ」

甘い匂い……。

宗介は突きながら、ハッと思い出した。

打出製薬の地下で……そんな匂いを嗅いで……あのとき、受付の麻生久美も同じように発情したかのごとく誘惑してきたではないか。

（あれも匂いが原因……？）

一体どういうことなのか……しかし糸口は見えた気がした。

「あんっ……お願い、してっ……してっ……」

四つん這いの冴子が尻を押しつけてくる。

肩越しに振り向く目は、もう欲望にまみれていて、何かに取りつかれたような、すごみがある。

「聞こえますよ、外に」

「いいのよ、もういいの……！」

冴子は猫のように甘えて、尻をぐりぐりと振ってくる。

挿入したまま揺さぶられて、宗介も一気に射精したくなってきた。

射精が近いならもっと楽しもうと、宗介はバックから突き入れながら両手を伸ばして、背後からたわわなバストを揉みしだき、尖った乳首をつまみ上げる。

「あああっ……いいっ、いいわっ！」

もう隠すこともなく、冴子はよがりまくっている。

宗介は渾身の力でバックから突いた。

「あん、だめぇえ、イクッ……イク……」

ぬちゃ、ぬちゃっ、と、粘っこい淫汁の音が激しくなり、ますます女医の腰振りがひどくなる。奥に激しい一撃を入れたときだった。

「あああッ、だめっ、あああッ、イクッ、イッちゃうううう！」

四つん這いのまま、冴子は腰をガクンガクンと淫らに痙攣させて、ペニスをギュッとしぼってきた。

「あっ……くうう」

あまりに気持ちよすぎて、ペニスを抜くことなんてできなかった。

どうにもできずに、人妻女医の膣奥に熱いモノをしぶかせながら、宗介も愉悦のうなり声をあげるのだった。

第四章　ＶＩＰ席の院長夫人

1

深夜。

四月の肌寒い中、宗介は東湾からの帰りに北川に電話をかけた。

「おい。やっぱりあるぞ、新薬。実話クライムの話は眉唾じゃなかった」

「またあ……え？　ホントなの？」

さすがにのんきな北川も、神妙な声に変わった。

「院長と院長夫人が、なにか妙な免疫治療をやってるっていうが、そこに怪しい薬が投与されてる。それに……」

「それに？」

北川に聞き返されて、宗介は言いよどんだ。

その特別な治療法と妙な甘い匂いと、女の発情。何か関係しているのかもしれないが、今はうまく説明できない。

「それに……えーと、打出製薬がからんでいるのも、どうやらビンゴだ。なあ、その院長の特別な免疫治療って事例が何件あるのか、調べられないか？」

寛解した人間に直接聞いても、特別なことはしなかったと、みな口をそろえて言うらしいし、薬も残っていない。おそらく厳格に管理されているのだろう。

ならばまずは全体の把握だ。

「特別な治療という薬の投与」なるものが、実際にあることはわかったのだから、そこから認可前の新薬であることを突き止めなければ。

「面倒くさいなあ」

北川がいつものように、文句を言ってくる。

「東湾に知り合いがいるんだろう？　内実はわからなくても件数ぐらいはわかるだろう」

「それにしてもさあ。もしあったとしたら、なんで隠すんだろ。特許とかからんでるとかかなあ。違うよなあ。お金儲けでもないし……」

北川が「うーん」と電話の向こうで唸っている。

いまだそのメリットが理解できなくて、宗介もいろいろ半信半疑なのだ。

「まあとにかく件数を調べろ。そこから共通点があったりして、何かわかるかもしれん」

電話を切ろうとしたところで、北川が、

「あっ」

と、小さく叫んだ。

「なんだ？」

「で、どうだった。おっぱい」

「は？」

「んもう。言ったでしょ。あの美人の女医さん、ニセ乳かどうか、たしかめてくるって」

やはりアホだ。

「……本物だったぞ」

「えーっ、どうやって調べ……」

電話を切って、宗介はため息をついた。
いろいろ考えなければならなかった。
まずは北川がいうように目的だ。
なぜ、新薬があるとすれば、それを隠しておく必要があるのか。
そして女が発情するような甘い匂いと治療薬の関係。
千夏と旦那の件もある。
新薬を投与したのか、どうか。
打出の地下で、広告代理店Ｄ社の新堂が、開発部の古賀を直接訪問したことも
気になっている。
（明日、千夏に会うか……）
このところ忙しいと言っていたが、少しくらいなら時間はとれるだろう。
公園を過ぎれば、すぐに宗介のマンションだった。
いつもように公園の真ん中を突っ切ってしまえば、五分は早く帰れる。
そのときだった。
黒い影が物陰から現れたと思った瞬間だ。
脇腹を殴られた。

「ぐっ……」

息ができなくなって、その場にうずくまる。

黒い影が背中を蹴ってきた。大柄の男だということはわかった。慌てて頭を抱える。

(物盗りか？　いや……俺を狙っていたか？)

冷静に考えられたのは、そこまでだった。

男の爪先が脇腹にめり込む。さらには頭を蹴ってきたので、それだけは必死に両手で守った。

ナイフのような凶器では対応できないが、殴る蹴るの暴力であれば、とにかく頭や喉さえ守れば命は助かる確率は高い。

ずいぶん前に護身術の取材で習ったことが、まさか役に立つとは思ってもみなかった。

宗介は亀のように丸まり、必死に耐えた。

身体の節々に痛みが走る。

息をするのもつらくなってきた。

肋骨くらいはやられたかもしれない。

それでも攻撃の嵐がやむのを待っていたら、男の気配がなくなった。しばらくじっとしていてから宗介は顔をあげた。

「痛っ」

脇腹と腰がひどく痛んだ。呼吸をすると胸が苦しいが、しかし肋骨は無事のようだった。

太ももも、しこたま蹴られた。

痛む脚でようやく立ちあがると、スマホが鳴った。

表示には北川の文字だ。電話を取る。

「もしもし……」

「あー、三崎？　大丈夫かと思って。やられなかった？」

「……おまえのところもか」

「うん。だけど、希美ちゃんも一緒だったから。追い払ってくれた」

「のぞみ？　あ、あの受付の」

「そうそう。元ヤンキーだから、メッチャ強いんだ」

ミニスカートの白衣の子を思い出す。くりくりした目の可愛い子だ。

人は見かけによらぬものだ。

「んで、三崎は？」

「……やられたよ。見事にな。あてててて……だけど、生きてる。骨とかも大丈夫そうだ。歩けるから、とりあえず家に帰って寝る」

「明日、病院来なよ。一応診ておいた方がいいからさ」

「ああ。ところで心当たりはあるか？」

「全然」

そうだろうな。この雪だるまは人に恨まれるようなことはしない。あくまでノーテンキで人を呆れさせるだけだ。

「となると、俺の方か……新薬のことを探ったからかな」

「そんなわかりやすい妨害するかなあ」

「忠告かもしれん。でかい男だったが、ちょっと手加減している感じだった。殺されるって感じはなかったな」

「へえ。でも、やっぱりなんかあるんだねえ、面白くなってきた」

北川が相変わらず呑気に言った。

こういうとき、怖がるとか、そういう感覚がないヤツはいい。

それにしても俄然きな臭くなってきた。

危ないネタかもしれないが、典子の一縷（いちる）の望みと思えば、やばい橋も渡るしかない。

それに一応はジャーナリストのはしくれだ。

本当のことが知りたい。

2

次の日。

「どうしたの？　その傷」

千夏の家のドアを開けると、彼女は訝しんだ顔を見せた。目の下に大きな傷ができていて、それをガーゼで隠しているのだ。

「いや、たいしたことないんだ。それよりも夜遅くにすまない」

宗介はそう言って脚をわずかに引きずって玄関に入って、靴を脱いだ。

見えるところで怪我をしているのは、目の下の部分だけだが、シャツを脱げば上半身のあらゆるところに痣ができている。

前日、暴行を受けたときは気が張っていたからか、そこまで痛くはなかったのだが、朝起きてみると全身に激痛が走った。

起きられるような状態ではなかったが、妻の典子が不審に思うので、なんとか起きて必死で北川の病院に行き、少し休ませてもらって、夜になってようやく動けるようになったのだった。

リビングのソファに座ると、千夏がアイスコーヒーを持ってきてくれた。口の中も少し切っていたから、冷たい飲み物は助かる。

「旦那の具合は？」

いつものように訊くと、千夏はいつものように首を振った。

「よくも悪くもない」

はあ、とため息をつくのも、もうお決まりのようだった。

そして妻の容体を尋ねられて、同じだと答えるのも、これまたルーティーンのようだった。

「ところで、仁藤冴子という内科医を知ってる？」

千夏が目を細めた。

「夫のいる東湾の副院長よ。急にどうして？」

「いや、俺の知り合いの医者が、北川っていうんだけど、そいつが東湾に行ったときに会って、なかなかいい先生だったたって」

もちろん宗介自身が偽医者になって潜り込んだことは言わない。まあ言わなければバレることもないだろう。

「ふうん」

千夏は特に感想を言わなかった。

東湾で遠目に見た限りではかなり冴子とは親しそうだったが、そんなこともなかったのだろうか。

「それで、北川が聞いたらしいんだが、東湾の院長が、特別なガン治療をするらしい」

千夏は少し考えてから、宗介を見た。

「おかしいわね。そんな話、聞いたことないわ。私の夫にはごく普通の免疫治療よ。特別な薬なんてあるのかしら」

「でも寛解したんだろう」

「まあそうだけど、結局再発して……そんな薬があるんなら、今頃、夫は完全寛解してるんじゃないのかしら」

正論だった。

だが、どうしても気になってしまう。

《夫に対して、やってはいけないことを……私が楽になるためにっ……》

千夏のあの言葉がなかったら、宗介もここまで熱心にガンの治療薬のことなど嗅ぎ回らなかったはずである。

この日は、千夏と話すだけで家を後にした。

もちろんセックスしたかったが、全身痣だらけなのだ。千夏に心配をかけるわけにはいかなかった。

それにしてもだ。

千夏は確かに「薬」と口にした。宗介は「特別なガン治療」と言っただけだ。薬とは言っていない。そこが気にかかった。

やはり千夏は何かを隠してる。

(古賀のことを庇っているのか？　それとも薬の開発に関わっているのか？)

わからない。

一度整理が必要だ。

大迫から心配する電話がかかってきたので、宗介はそのまま「あしたば出版」

に向かうことにした。

夜だが「月刊メディカル」の入稿が近いから、大迫他、編集部員たちが会社に泊まっているのだ。

行ってみると、北川もいた。

ソファに座ってチョコを食べている。

「おお、三崎ちゃん。なんや、たいしたことないみたいやなあ」

赤ら顔の大迫がけらけら笑う。

「勘弁してくださいよ、これのせいで、まだ息すると痛いんですから」

宗介はシャツをめくりあげて、脇腹のガーゼを見せる。左の脇腹もだ。背中の痣も紫色でかなり大きくなっている。

「しかし、北川くんも同時にやられたとなると、ホンマにアレのせいか。信じられんな。弱小出版社のゴシップレベルの話やと思うとったのに」

「何か隠してることがあるみたいですねえ」

北川の隣に座った。

「打出製薬から何か新しい薬が出てきたのは間違いないです。それが画期的な治療薬なのか、治験は終わっているのか……わからないことだらけですが」

大迫が「うーん」と唸った。

「だったら、なんで公表しないんや。ホンマに治療薬ができたんなら、打出も東湾も今頃、世界的なニュースになって株価もつり上がるのに。せやろ？」

「そこなんですよ。実話クライムの記事は『保健福祉省の闇。ガン治療薬で大もうけ』なんてあったんですが、保福省も口止めしたって別に儲からないし。あるとしたら、他の目的かなあ。北川、なんかわかった？」

北川が「ん？」と顔を上げる。

口のまわりにチョコがついていた。夜中にこんなに食べて、よく太ら……もう充分太っているか。

「調べたよ」

北川があっさり言った。

「東湾で寛解した人間は、保福省の官僚や与党議員でね。今野さんとか岩淵さん以外にもいっぱいいたよ。たまたまパパに聞いたんだけど……」

三十過ぎた医者がパパもないが、そのへんは置いておこう。

「パパがその寛解した人間たちのリストを見てたら、みんな東湾の楠院長の支持派なんだって」

「ちょっと待て。楠院長の支持ってなんだ？」

宗介が慌てて訊いた。

「うん、次の医師会理事長の選挙ね、楠院長も立候補するんだって。まったくやだなあ、僕におべんちゃら使ってたのに、僕のパパを蹴落とそうとしていたんだから、あの院長」

宗介は大迫と顔を見合わせた。

「じゃあ、東湾でガンが治ったから、その見返りに楠院長を支持するようになったのか？」

宗介は鼻息荒く言う。

目的がなんとなくわかった。

ガンを治してやるかわりに、支持しろと迫ったのか？　それであれば楠が開発中の新薬のことを黙っているとしても理解できる。

医師会の選挙は、保福省の官僚や与党議員の支持があるのは大きい。それくらいは知っている。

医師会会長は医師会員の頂点に立ち、「名誉」や「地位」を駆使して政治家まで操ることができる。

楠は打出製薬とつるんで、その名誉や地位を取りにいこうとしているのか。もしかしたら……いや、確かに金よりもうまみがあるかもしれない。

「しかしなあ、そないうまく大物の与党議員や、保福省の官僚がガンになるんかいな」

大迫がもっともなことを言った。

「たしかに……」

治せたとしても、そもそもガンになっていなければだめだ。そんなに都合よくいくものか、というのは宗介もずっと思っていたことである。

「そのへんは千夏ちゃんには訊けへんのか」

大迫が言う。

「千夏は、どうも何かを俺に隠してるんです。もしかしたら、千夏も開発に関わってるのかも」

あくまで仮説だが、それの方がしっくりくるのだ。

「だとしたら、なんで隠してるんだろなあ。千夏ちゃんなら絶対に隠したりしないよね。ちゃんとした人だから」

北川がチョコを口に入れながら、ぼんやり言う。

そこは同意だ。

千夏は真面目な研究員で、旦那のことを愛している。

いや……旦那を愛してるからこそ、治験していない新薬を黙って投与させたのだろうか。

「そこはわからないな。だけど、この東湾の院長と院長夫人がからんでる特殊な治療について、もうひとつだけわかったことがある」

「なんや」

大迫が身を乗り出した。

「うまく説明できないけど、なにかこの新しい治療薬に関して、女の発情を促進する何かがあるんです」

「はあ?」

大迫が気の抜けた声をあげる。

北川すらも手を止めて「何を言ってるの?」という顔をした。

「いや、冗談じゃないんだ」

宗介は、仁藤冴子と麻生久美の件を、なるべく包み隠さずにふたりに話した。

「なんやねん、俺はモテるって言いたいんか。千夏ちゃんだけじゃ飽き足らずにか。奥さんが泣くぞ」

「なーんだ。冴子ちゃんとヤッてるじゃん。だからおっぱいのこと、わかったってわけだ」

「なんや、おっぱいって」

ふたりが口々に非難してきた。

「いや、だから……俺のこの風貌だから、そもそも、そんなことあるわけないんですよ。でも、いや、それにこれは役目上、やむを得ず……っていうか、じゃなくて、違うんですよ。なんかあるんです、催淫作用が……甘い匂いを嗅いだら、発情したんじゃないかって。もしかするとですよ、新薬の副作用とかかもしれない」

「甘い匂い？　希美ちゃんもそんなこと言ってたなあ」

北川が指のチョコを舐めながら、言った。

「希美ちゃんて、誰や」

「北川の病院の受付嬢ですよ。まあまあ可愛い……」

「まああじゃないもん。すごく可愛いでしょ。東湾に一緒に行ったときね、希美ちゃん、トイレを探しててちょっと迷ったんだって。そしたら、どっかから甘い匂いがして……へんな匂いだったなあって。んで、そのあと……グフフ」

北川が不気味な笑みを漏らす。

そういえば、そんなこと言ってたことを宗介も思い出した。

大迫が難しい顔をして、言う。

「その匂いを嗅いで、そのなんとかちゃんは発情したってか？　なんやそれ」

呆れたように言うが、宗介は確信していた。

三人の女性が、急に発情した。

東湾や打出製薬の敷地内だ。

「ふーむ、発情ねえ……まあ手がかりにはなるんかなあ。それよりも、三崎ちゃん、どうするんや、この先」

大迫が煙草を取り出しながら、訊いてくる。

「院長は尻尾を出さないでしょう。調べるとしたら院長夫人かな。それと打出製薬の古賀さん」

「古賀って、なんやっけ」

「打出製薬の臨床開発部の部長です。千夏の上司。以前、Ｄ社の新堂が直接会いに行ったのを見て……あれからずっと気になってるんです。東湾は院長と院長夫人、打出製薬は古賀と千夏が何か関係しているような気がするんです。多くの人間は知らないと思います」

「秘密を守るのは、最少人数がええというわけか」

「はい。医療ミスとかなら病院ぐるみで隠蔽というのもありえますけど……今回の場合はそうじゃないので。一部の人間だけ知っていればいいのかなと」

「ふーん」

「じゃあ、僕、今度は打出製薬に潜入するよ、まかせて!」

急に北川がやる気を出してきた。

「おまえ、どっかでいい思いができそうだって考えてないか?」

子どもがウソをついたときのように「あははは」と苦笑いしたので、どうやら図星だったらしい。

3

四月末ともなると、昼間は汗ばむような陽気の日も増えてきた。

岸田総合病院に来るのは、もう何回目になるのだろう。

典子の付き添いで定期検診を受けて、そろそろ一年半が経とうとしている。相変わらず一向によくならずに小康状態が続いている。

典子が検査をしている間に、いつものように担当医の原田のところで病状の経過を聞いていた。

「今のところ、転移したものの、ガンは大きくはなっておりません」

いつものように、あっさりとしたものだ。

典子は吐き気や頭痛と闘い、体重もここ一年で五キロ減った。そして毎日のように宗介につらく当たる。

小康状態の代償が、この過酷な生活なのか。

「そうですか。それはよかったです」

こちらもあっさりと言った。

もう、原田とは言い争う気も起きない。

「そういえば、先生。少し前ですけど、東京湾岸医療センターの名前を出しましたよね」

原田の顔がわずかに曇った。

いつも無表情だから、少しでも表情が崩れるとすぐわかる。

「ええ。言いましたよ」

「免疫療法のことをおっしゃったと思いますが、ホントにいい病院なんですかね」

宗介は訊きながら、若い医師をじっと見た。

医師は少し考えてから、こちらをうかがうような目つきをして、重そうな口を開いた。

「いい病院だとは思いますよ。別の病院に行きたいですか？」

「先生は勧めますか？」

原田が難しい顔をした。

「……勧めません。いい病院だけど、本音は勧めません」

今までと違う答えに、宗介は慌てた。

「は？　どういうことです」

聞き返すと、原田はまた少し考えてから口を開いた。

「いい病院なんですよ。最新の治療器具もあるし、腕の立つ医師もいる。難しい手術もしているし、ここのところ、ガンの寛解も増えているらしい」

「でも、本音は勧めたくないんですね」

訊くと、少し黙ってから原田は口を開いた。

「これはここだけの話にしてください」

原田が珍しく神妙な顔つきをした。

「ホントに世迷い言です。僕の近くでだけ噂されているレベルなんですが、東湾は実はわざとやってるんじゃないかと……」

「わざと？」

「はい。ガンを大きくさせたり、転移させたりして、そこでもう助からないようなガン患者を作り出して、そうして寛解させてみせるんです」

宗介は目を瞬かせた。

「は？　え？　何のために？」

「信頼のためですよ。すごい治療ができるって信頼作りのためです。実際に楠院長を医師会の理事長に推す声が出てきています」

そのことは北川から聞いて知っている。

「いや、でも……そんなことは……」

「もちろん、よっぽど治癒する自信がないとできないことです……まあ想像の域を出ないんですがね」

原田は大きくため息をついた。

「でも、想像だとしても、根拠はあるんでしょう?」

「……あります。僕の患者だった人が東湾に行ったんですが、東湾で手術したら急に転移してステージ4になってしまったんです。ですが……三崎さんは『五年生存率』をご存じですよね」

「ええ……再発にならない指標ですよね」

ガンは寛解しても再発の可能性が高いために、簡単には完治という言葉は使わない。五年という長いスパンをもって再発しなければ「完治した」といっていいだろうと判断されるのだ。

「その患者さんは、術後の生存率九十九パーセントだったんです。かなりの早期でしたから」

「えっ……いや、でも……」

「わかります。たとえ九十九パーセントでも、万に一つ、再発の可能性はありますよね。しかし、知り合いの医師にも同じケースがあり、私が知っている限り、三人、そんな方がいました。東湾に行くとガンが悪くなるんです」

「三人……」

「その医師たちと話したんですが、これはもう手術をわざとミスして、ガン細胞を身体中に散らしたんじゃないと、こんな結果にならないんじゃないかと……しかし、これはあくまで噂です。数字上は東湾は最高の病院なんです。私は医師ですからウソはつけません。東湾に転院したいと言われたら、噂の話などは一切話さず、現実の数字の話だけをします」

原田の顔が赤くなっていた。

表情には、やりきれないという思いが切々とにじみ出ていた。そのとき初めて、原田という医師は実は正直な男なのだと理解した。

「……なぜ俺には話してくれたんです？」

「これをニュースにしてくれとか、公にしてくれなんて気持ちはありません。ただ、三崎さんが普通の方より知識があることで、冷静に聞いてもらえるんじゃないかと思っただけです」

この前、何か言いたそうにしていたのはこのことだったのか。

しかし、その話でからくりがわかってきた。

「……ひとつ質問、いいですかね？」

「ええ。どうぞ」

「ガンは人工的に作れますか？」

原田が真っ直ぐに見つめてきた。

宗介の訊きたいことはわかっている、という顔だ。

「……できます。もちろんマウスの実験だけでの話ですが。培養したガン細胞を患者に注射で移植するんです。ガンの専門医なら、できるとわかるはずです」

宗介は息を呑んだ。

どうやって狙った官僚や政治家たちのガンを寛解できるのか。治療に関してはまだわからないことだらけだが、狙った官僚や政治家たちを、わざとガンにすることができることはわかった。

「もうひとつ。その転院された患者さんは、政治家か何かですか？」

原田は難しい顔をした。

しかし、深くため息をついてから言った。

「いえ、保健福祉省の方です。確か事務次官だったか。ご本人もガンに関する知識はあったので、どうして腫瘍ができたのか不思議がっていました」

やはりだ。

これは仮説だが、狙った政治家や官僚に、どうにかしてガン細胞を移植する。

そのあと、おそらくだが入れ知恵をして、東湾が一番いいとか言って、転院させたり、直接向かわせたりするのだろう。

（北川に確認するか）

宗介は原田に礼を言って、席を立った。

北川医院に行く途中のタクシーの中で、大迫から電話があった。

「実話クライムの編集部のひとりがいたから話を聞いたぞ。社長の日暮から相当な金を積まれて、会社を閉めるからといきなり言われたらしい」

メチャクチャな話だ。

「どうして編集部は訴えないんですか？」

「訴えるも何も、それが口止め料や。金額は口を割らんかったが、編集部の全員に相当な金がいってる。この話もやっと聞き出したんや」

「社長が急にそんなこと言い出した心当たりは？」

「知らんと言うとる。で、日暮は雲隠れや。どこにいるかわからんらしい」

「もしかして、例の新薬の記事で誰かが脅しにかかってたとか」

「わからへんな。で、その記事の出元な。とある反社の人間が持ってたネタなんやと。カビからガンの新薬ができて、それを製薬会社と病院がグルになって、公表せずに裏で儲けよう思ったたって話だ」

「どっかから漏れた話なんですかね」

「それもわからん。それとな、最近になって、D社の新堂の顔を会社内でよく見かけたらしい。社長に会いに来てたんだと」

「新堂が？」

「そりゃ広告代理店は出版社に来るけどなあ。天下のD様が、あんな弱小出版社なんか用はない。たまたまそいつも、どっかの出版パーティで新堂の顔を知ってたから気づいたらしい。社長は新堂にやけにぺこぺこしてたらしいで」

また新堂か。

「うーん、いまいちわかりませんね」

電話を切る。

D社と打出製薬の開発部、それに東湾、実話クライム……。

仮にだ。

D社は政府やら各省庁の仕事も直に受注している。

だから政治家や官僚にも顔が利く。

新堂が、もしかしたら政治家や官僚をガンにさせて、東湾を紹介したんじゃないか？

実話クライムに来たのは、それを記事にしたから脅して金を握らせたのでは？

（D社がそんなことする意味はあるか？）

いや、ある。

楠を医学界のトップにすること。

そうなれば、東湾と打出製薬の天下だ。

利権も使い放題。製薬業界、医療界、保福省の「鉄のトライアングル」のがっちりした利権構造。その中心が東湾と打出製薬になり、そこにくっつく代理店も莫大な報酬を得ることができる。

治療薬でひと儲けするよりも、そっちの方が実入りは大きい……いや、もしかしたら楠がトップに立ってから、大々的な発見と称してガンの新薬を発表するかも知れない。

いずれにせよ、鍵はからんでいると思われる新薬の解明だ。

それには、古賀と千夏……千夏はかたくなに口を閉ざしているから、古賀の方をなんとかできないだろうか。

それと院長夫人。彼女も中心人物のひとりだ。いろいろ知っているだろう。

「いらっしゃーい」

北川総合病院の内科医の医局に行き、北川の部屋に顔を出すと、いつもの甲高い声で、雪だるまがにこにこしていたので宗介は気が抜けた。

「いつも思うが、おまえと会うと緊張感がなくなるよ」

「そうお？　患者さんには評判いいんだけどなあ」

確かにこの調子で言われれば、深刻な病気もあっけらかんと治ってしまいそうな気がする。そういう意味では名医かもしれない。

「まあいい。ほら、鯛焼き」

宗介が袋を渡すと、

「おお！」

と、妙に感激して、袋から鯛焼きを取り出した。

「あと、訊きたいことがあるんだ。ガン細胞を人間に移植できるって聞いたんだが、ホントか？」

北川は鯛焼きを頭からかじりながら、考えた。

「そういえば、マウスでそんな実験あった気がするな。人間は聞いたことないなあ。ああ、そうか。そうやれば、狙った人間をガンにできるってわけね」

「そうだ。少しずつ紐がほどけてきた。あとは例の打出の部長だが……」

宗介は内ポケットから、古賀と新堂の写真をプリントしたものを取り出した。

「こっちが古賀で、こっちが新堂だ。どっかで見かけたことないか？」

古賀は眼鏡をかけた、いかにも真面目そうな風貌。

新堂は浅黒い肌で、体格がよく、いかにもカタギではない雰囲気を醸し出している男だ。

「うーん。ないと思うけどなあ」

「よく見ろ。東湾とかでも見たことないか？」

北川は鯛焼き片手に、写真をマジマジと眺める。

「ないなあ」

言われて、がっかりした。

ふたりが東湾の楠院長と会っているんだろうなと思っていたからだ。ちなみに冴子にも先に聞いていたが、見たことはないらしい。やはりかなり警戒しているようだ。

そのときだった。

「徹ちゃーん、はんこちょうだい」

ミニスカナースが書類を持ってやってきてギョッとした。受付の女性、希美だ。

ミニスカートだというのはわかっていても、この短さには驚いてしまう。

大きくて、くりっとした目の可愛い子だが、先日、元ヤンキーでかなり喧嘩が強いと聞いてから見る目が変わった。

「はいはーい」

北川が鼻の下を伸ばし、立ち上がってはんこを押してから、希美に渡す。先日、念願叶って希美とセックスできたと喜んでいて、それからはもうデレデレだ。

(待てよ……)

今まではこの子に振られ続けた北川だが、それが変わったきっかけは、ふたりで東湾に出かけたときだと聞いている。

「えーと、希美ちゃんだったよね」

「はい」

彼女が愛想よく笑いかけてきた。

「少し前に、北川と東湾に出かけたよね。そのときに、妙な感じ……というか、へんな匂いを嗅がなかった?」

希美が訝しんだ顔をした。

「へんな……？」

「甘ったるい匂いというか……」

宗介の言葉に、希美は少し考えてから、

「そういえば、したような……」

ちょっと頬を赤らめている。おそらくだが、発情したことを思い出したのだろう。

「匂いがしたのは、地下だった？」

「ええ……一階のお手洗いが空いてなかったから、地下に下りて……探してる途中でした」

北川も赤くなっている。おまえはどうでもいい。

（やっぱりそうか……）

冴子も地下に下りると、妙な匂いがすると言っていた。

だが地下にいても発情しない女性もいる。催淫効果は体質によって違うのだろうか。

「あれ？」

　希美が写真を見て、声をあげる。

「どうかした？」

「この人、たまに見るんですよ。クラブで」

「クラブ？」

　宗介と北川は顔を見合わせた。

「どこのクラブ？　ふたりとも？」

　宗介が矢継ぎ早に質問すると、希美は写真を見て、

「西麻布です。会員制のクラブ。ふたりともです。ＶＩＰ席によくいて、なんかすごい羽振りが良さそうで、取り巻きの人たちも多いんです」

　まさか、希美からそんな情報が聞けるとは思っていなかった。

　北川も鼻息が荒く、希美に言う。

「の、希美ちゃん。だめだよ、そんなクラブなんて行ったら。エッチなところは禁止だよ」

　希美が急にジロッと目を剝いた。

「ああん？　徹ちゃんに言われたくないんだけど。あんた、また面接して可愛い女の子の受付増やそうとしてるでしょう」

「なんで知ってるの？」

　ふたりが痴話げんかしてるのはいいとして、これは有力な情報だ。

4

　三日間、希美の言っていた西麻布のクラブ「リゼロ」に通い続けたが、あいにく古賀も新堂も見かけることはなかった。

（それにしても、相変わらずすごいところだな）

　クラブというから、若者が踊り狂うダンスフロアを想定していたのだが、会員制のリゼロはもっと淫靡でいかがわしいところだった。

　まずビルの一階の入り口には看板がない。

　チャイムを押し、名前を告げると、ドアが開いて黒服の男が顔を出す。会員証を見せてようやく中に入れる。

　中は確かにダンスのフロアもあるが、背の高いソファで区切られているキャバクラやホストに近い空間だった。

「いらっしゃいませ、北川様」

黒服の扱いは丁寧だ。

というのも、北川の存在は超ＶＩＰ。ここでは政治家やら芸能人が多くいて、若い女の子をはべらせている。逆に言うと、ステイタスがなければ入れないような超高級クラブだ。

希美がここを知っていたのは、どんな経歴があったのだろうか。宗介はちょっと気になったが、北川は別に気にもしていないから、まあいいか。

「ねえねえ、今さあアイドルグループのメンバーいなかった？」

黒服に案内されている途中で、北川が興奮気味に言う。

宗介もキョロキョロしていると、確かにテレビで見たアイドルの顔があった。

店の奥の方に歩いて行く。

奥の階段を上がるとＶＩＰ席である。ちなみに北川もＶＩＰ客だ。

この雪だるまは、こういうときにホントに役に立つ。

二階のＶＩＰ席はいくつかの個室になっていて、宗介と北川は一番奥の個室に案内される。

大きなソファのある部屋で、窓からは下のダンスフロアが一望できる。部屋に入るとすぐに別のボーイが注文を取りにきた。

「ナッツの盛り合わせとサンドイッチね。あと唐揚げ」

北川が居酒屋感覚で注文するのを尻目に、宗介はビールを注文して、階下を見る。

最初に説明を受けたのだが、ここでダンスフロアで踊っている女を見て、ボーイに告げる。ＯＫだったらＶＩＰ席に来る。高級な出会い系、というか高級な覗き部屋みたいなものだ。ＶＩＰ席で行われていることは店側は承知しないという体だ。

あくまで自由恋愛、というのだが、パパ活やら枕営業などなどなんでもありのいかがわしい場所だ。令和の時代にこういうものがあるというのも、宗介には驚きだった。

「あれえ？」

宗介が黒服からビールを受け取っている間、北川が窓を覗いて奇妙な声を出した。

「いたか？」

宗介も窓を見る。

いた。

新堂と古賀が、黒服に連れられて歩いている。

ふたりもＶＩＰ席に案内されているようだった。

「やっぱりいたな」

宗介が言うと、北川がサンドイッチを食べながら、首を振った。

「ううん。それもあるけど、あれ」

北川が窓を指差した。

その方向を見ると。花柄のピンクのミニワンピースを着た女性が歩いていた。

漆黒のストレートなロングヘアに、大きな三日月型のアーモンドアイが可愛らしさを強調している。

スタイルは抜群で立ち振る舞いからセレブな雰囲気を醸し出していた。

「東湾の院長夫人だよ。たしか楠志乃（しの）、だったかな」

「あれが？」

北川に言われて、マジマジと見た。

年齢は四十六歳と冴子から聞いていたから期待してなかったが、いやいや三十代と言われても疑わないほど若々しい。

しかも美人だ。

わずかにタレ目がちの柔和な顔立ちだが、落ち着いた雰囲気とともに熟女の色香がムンムンと匂い立つようだった。

ワンピースの開いた胸元から見える胸の谷間は、圧倒的なボリュームで、四十六歳とは思えぬ性的な魅力にあふれている。

よくよく見れば、首筋などに加齢のシワがあるものの、そのシワすらセクシーな魅力になっている。

「なんかエロいな……」

「美人だよねー。いろいろ教えてくれそう」

北川が唐揚げを食べながら、グフフといやらしく笑う。

(しかし、チャンスだな……キーマンがそろっている)

しばらく見ていると、彼女も奥に消えていった。ここには女性客もいて、フロアの若い男をＶＩＰ席に呼ぶ、ということも行われているらしい。

「なあ、おそらく院長夫人も男漁りに来てるんだよな」

「多分ねえ」

北川が、唐揚げとサンドイッチを平らげて、ナッツを頬張りながら答える。

「だよなあ……なあ、新堂と古賀を見張っててくれ」

「へ？　三崎は？」

「院長夫人のところに忍び込む」

言うと、北川は頬をふくらませる。

「いいなー、ずるいなー」

「じゃあおまえがいくか？」

「パス。僕、若い子じゃないとダメだもん。グフフ」

宗介はため息をついた。

ＶＩＰ席のドアから出て、薄暗い中を歩いて行くと、背の高い男が別のＶＩＰ席に入ろうとしていた。

（あれか？）

宗介はすぐに声をかけた。

「なあ、キミ。あのピンクの服の熟女のところか？」

若い男が訝しんだ顔で、宗介を見る。

「そうですけど」

「変わってもらえないか？　あの人が前から気になっててさ」

そう言いつつ、財布から五万円を抜き取って男に握らせる。

「いいすよ。俺、年上苦手だったし……美人だけどなあ、どっしよっかなあって思ってたから」

ラッキーだった。

若い男は熟女好きと聞いていたが、そうでないのもいるらしい。男は軽く頭を下げると、すっと行ってしまった。あっさりしたものだ。

(さあて、行ってみるか……)

宗介は周りを見てから、思い切ってドアを開ける。

叫ばれたり、拒まれたらどうするか……わからないが、出たとこ勝負だ。

入ると、ソファに座っていた志乃が目を細めた。

「どなたかしら？　お間違えになってらっしゃらない？」

落ち着いた雰囲気で、近くで見れば圧倒的な美人だった。

さすが大病院の院長夫人だ。ちょっとのハプニングぐらいでは物怖じしないらしい。

「いいえ、以前からこちらでお見かけして……ちょっと気になってましして、すみませんどうしてもと思って、失礼だとは思ったんですが」

「それは失礼よねえ」

彼女は妖艶な笑みを浮かべて、宗介を値踏みするような目で見つめてくる。

(ん?)

その目を見て、宗介は妙な違和感を覚える。

濡れた瞳が、妖しい光を帯びている。目の下がねっとりと赤く染まり、気のせいか呼吸もわずかに乱れているような気がする。

(まさか……例の催淫作用か?)

それはわからないが、一見すると落ち着きのあるセレブな夫人も、実際のところは欲情しているように見えるのだ。

「失礼だけど……あなた……こうしてわざと入ってくるくらいなんだから、自信はあるのよね」

志乃が上目遣いに、挑むような目つきを見せてきた。

(おもしろいな……)

普段はクールビューティの冴子が、男女の関係になるとMっぽさを見せるのとは正反対に、柔和で優しい感じの志乃が、今はSっぽさを見せている。女性の性欲というのは、本当にわからぬものだ。

清楚な女性がベッドで乱れることもあるし、逆に派手な美人が奥手、ということもある。

そのギャップがたまらないのだ。

志乃に対しても、宗介はそんな感想を持った。

「もちろんです。自信はあります」

当然ながら、そんなものはなかった。だが、このところ、上手い具合にいい女とセックスできているのだ。少しくらいはテクがついたかもしれない。

「あらあ、いいわね。じゃあ、脱いでもらおうかしら」

「えっ……あ、あの……今？」

「当然じゃないの。がっかりさせないでね」

うまく院長夫人と関係を持てたのはいいが、どうもおかしな方向に向いている気がする。

5

恥ずかしかったが、そんなことは言っていられない。

宗介はシャツとズボンを脱ぎ、パンツ一枚になる。すでに股間が硬くふくらみを見せているのを隠したかったが、志乃の瞳が潤んで細くなったのを見て、よし、と気合いを入れてパンツを下ろした。

「まあ……」

志乃が小さく声をあげて、頬をわずかに赤く染めた。

怒張がムクムクとそそり勃ち、臍につくほどそり返っていたからだった。

このところ、美しい人妻を立て続けに抱いている。

そのせいだろうか、ここまで圧倒的な美熟女を前にしても、萎縮せずにイチモツをそりかえらせているのだから、経験というのは大事なものだ。

「いいじゃないの……楽しめそうだわ。こっちにいらっしゃいな」

男根に、粘りつくような視線がからみついてくる。

宗介は素っ裸のまま、志乃の隣に座る。

志乃が身体を寄せてきて、美しいアーモンドアイで見つめてくる。

(これが四十六歳か……?)

首や指先の様子は確かに年齢を感じさせるが、肌は艶々して、ワンピースの胸の谷間も悩ましいばかりだ。

濃い香水の匂いに交じって届く女の甘い香りに、噎せ返りそうになる。

いる。

ここのところ出会った女性たちの中でも、色気という点では志乃が断然勝っている。

「可愛いわね……」

志乃がチュッ、と軽く唇を重ねてきた。

甘いキスだ。抱きついてきて、チュッ、チュッ、と可愛らしくキスをされ、量感のあるふくらみが胸に押しつけられる。

「ううんっ……ンフッ」

キスをされながら、同時に乳首を指でいじられた。

「ンッ……」

爪の先で軽く先端を引っかかれて、思わずビクッと全身を震わせてしまう。

「ウフフ。いい反応だわ」

志乃は耳元でささやくと、そのまま舌でツゥーッと首筋を舐めてくる。

「くうっ……」

ゾクゾクっと背筋が震えた。

まるで女になったように、熟女のなすがままにされている。

そのままソファに押し倒された。

そのほっそりした熟女の指で、乳首をこりこりとこすられ、さらには唇をつけてチュッと吸い上げられた。

「おうう……」

くすぐったいような疼きが込みあげて、思わず腰を浮かせてしまう。

「ウフッ。可愛いじゃないの。名前は？」

乳首を舐めながら、志乃が訊いてくる。

「くっ、そ、宗介ですっ」

「宗介くんね」

志乃はニヤリ笑うと、舌を使ってねろねろと乳首を舐めてきた。

「く……ッ。あの……」

「志乃よ。どう？　気持ちいいかしら」

「くうう、し、志乃さん。たまりませんっ」

乳首が硬くシコッていくのがわかる。同じように勃起がさらに硬さを増していく。

「敏感なのねえ……」

志乃は身体をズリ下げていくと、宗介の勃起しきった屹立に、しなやかな指をからめてきた。次の瞬間、ガマン汁をだらだらこぼす切っ先が、彼女の温かな口に含まれた。

「おおお……」

思わず、だらしない声を漏らしてしまった。

生温かな口内と、ぷっくりした肉厚の唇の感触がたまらない。

「ぅううん……フフ……ううっん」

そうして志乃は軽く鼻息を弾ませ、指で根元をしごきつつ、顔を前後に動かしてきた。

ただおしゃぶりするだけではない。

舌や唇を吸いつかせるように使い、肉エラの裏側や会陰などを、ねっとり刺激してくる。

（う、うまいじゃないかよ……）

早くも全身が火照り、汗ばんできた。

「うふんっ……」

志乃は舐めながら、上目遣いに宗介の反応を確かめてくる。宗介が悶えているのを楽しみながら、いよいよずっぽりと根元まで咥え込んできた。

「くぅっ……」

腰がとろけそうだった。

見れば、

「んんっ……んんぅ」

鼻息をはずませながら、志乃はたっぷりの唾液を乗せた舌腹で先端を舐めまわしている。

じゅるる、じゅるる、と卑猥な唾液の音を立てながら猛烈に吸われると、もういてもたってもいられなかった。

（ああ、すごいな。気持ちいい……やばいっ）

亀頭が熱くなって、早くも射精直前のむずがゆさが腰に宿ってきた。

自信はあります、と言ったからには、まだ何もせずフェラだけで果てるわけにはいかなかった。

何よりも、院長夫人にはしゃべってもらいたいことがあるのだ。

それにはセックスに夢中になってもらわねばならない。

「くうう……お、俺にもやらせてもらえませんか」

負けるわけにはいかない。

百戦錬磨の熟女であろうとも、ひいひいよがらせてやりたい。

「ウフフ、いいわよ」

志乃は勃起から口を離すと、背中のファスナーを下ろして、ワンピースをするりと脱いだ。さらには紫のブラジャーも外すと、巨大な乳房がゆっさりと現れて、宗介は目を見張った。

ふくらみはわずかに垂れて左右に広がっていたが、張りは十分にある。乳輪は大きく、乳首はセピア色だ。もちもちした柔らかそうな熟女のおっぱいである。

腰は細いが脂がのって、ムチムチしている。

紫のパンティに包まれた下腹部はかなりのボリュームだった。脚は細く見えるのだが、ヒップから太ももにかけての丸みは息を呑むほどの圧倒的なボリュームである。

熟れきった身体は、見ているだけでヨダレが出てきそうだった。屹立が痛くなるほど張りつめてくる。

さらにパンティを脱げば、ふっさりした茂みに小ぶりの花びらが見えていた。大胆な熟女だが、ひかえめで慎ましやかなおま×こがいい。

志乃は全裸のままで近づいてくると、宗介の顔を跨いできた。

(なっ!)

下から見上げると、漆黒の草むらの中に赤い肉貝がぬらついていた。なんというエロいおま×こなんだ……。

「ウフフ」

熟女が笑みを漏らしつつ、腰を落として顔面に女性器を近づけてくる。獣じみた匂いとともに、赤黒い貝の剝き身が眼前に迫る。肉ビラは大きく、膣奥の粘膜が生き物のようにヒクヒクしていた。

(が、顔面騎乗だ)

身構える間もなく、熟女の恥部が顔面に押しつけられていた。

「む、むぐ……」

その淫らな熱気と獣じみた匂いに、宗介は戦慄するも、誘われるように舌を差し出して夢中になって舐め立てる。

「あ、ああん、いいわ、ああんっ……」

志乃は熱っぽく息を弾ませながら、大胆なM字開脚でしゃがんだまま、ぐりぐりと股間を押しつけてくる。

（す、すごいな……）

肉の合わせ目を舐めれば舐めるほど、熟女の熱い愛液がしとどに湧き出てくる。

愛液が鼻先までもびっしょりと濡らし、ぴりっとした酸味が舌を刺激し続けてくる。

だがけっして嫌な感じではない。

もっともっと舐めたいという欲望がこみあがってくる。あふれる劣情のままに舐め上げれば、

「あああぁっ！」

志乃は宗介の顔を跨いだまま、身悶えを激しくする。

足に力が入らなくなったようで、恥部が口元に押しつけられる。苦しいが、舐めたくてたまらない。鼻息荒くワレ目をむさぼり続けていると、次第に志乃の腰が、ビクッ、ビクッ、と悩ましくくねり始めた。

6

「い、いいわ……欲しくなっちゃった」

すっと股間が顔から離れたと思ったら、今度は宗介の下腹部に移動し、また腰を下ろしていく。

(騎乗位か……)

熟女はあくまでイニシアチヴを取りたいらしい。

宗介は気持ちよくなるための道具のようだ。勝手気ままに美しい熟女に翻弄されるままだ。

(いや、されるがままではだめだ)

志乃はフェラもうまいし、肉体もいやらしい。テクニックも抜群だ。このまま従順に快楽に溺れたい欲求もある。

だが、その欲望を振り切り、宗介は志乃の肩をつかんでソファに仰向けに押し倒した。

「なあに?　してあげるのがいやなのかしら?」

志乃は淫靡な笑みで見つめてくる。

「正直、それもいいかなと思ったんですが……でも、それじゃだめなんです」

言いながら、志乃の両足を開かせて、腰を前に送り出した。

亀頭を濡れきった蜜壺にズブズブと埋め込んでいく。

「あああ！」

熟女があらぬ声をあげ、顎を突き出した。

眉根を寄せ、細めた目を潤ませて欲情を伝えてくる。

（すごいな……）

熱くたぎった膣内には、肉の襞が無数にあって、蠢動しながらイチモツにからみついてくる。粘膜が意志を持って肉棒を抱きしめてくる感じだ。

宗介は息を呑み、それでも必死に奥まで突き上げる。

「はうううう！」

志乃は腰を跳ね上げて、甲高い声をあげる。

「い、いいわっ……あああっ！」

「ひょっとしてなんですが……媚薬でも飲んでいるんですか？　それとも催淫剤？　気持ちいいんでしょう？」

宗介は真っ直ぐに正常位で打ち込みながら、熟女を見つめた。志乃はハアハアと息を荒らげながらも、潤んだ目を訝しげに細めてくる。

「な、何をおっしゃってるのかしら？」

「……単刀直入に言います。ガンの新薬ですよ。それによってできた副産物に催淫効果があるんでしょう?」

志乃がハッとしたような顔を、一瞬見せた。

「な、なんのこと? あなた何を……はぅぅぅ!」

途中で彼女の声が悲鳴に変わった。

宗介がフルピッチで腰を使い始めたからだ。

パンパン、パンパンパンッと、肉の音をさせるほどに連打を放っていくと、志乃は美貌をくしゃくしゃに歪めて、よがり始める。

「あああっ! あああっ! い、いいっ、いいわっ!」

怒濤のストロークを繰り返せば、熟女はもう我を忘れたように乱れて、自ら腰を振ってきた。

「打出製薬の小さな薬だ。それも認可前のね。ガンを治癒できる新薬であると同時に、女性の性的興奮を高めていく効果があるんでしょう?」

今まで調べたことを合わせても推察でしかない。

しかし、それがまるでわかったような口ぶりで、宗介は志乃を煽った。

「はっ、はあうう……あ、あなた……どこまでっ……」

眉根に深い縦ジワを刻み、うつろな瞳のままに志乃は訊いてくる。

「知ってるんですよ。だけど、それを咎めるようなことはしません。新薬が欲しいだけなんだ。僕の妻も末期ガンなんですよ」

志乃は真っ赤な顔をして、目をそらした。

話すことはためらわれるらしい。当然だろう。

ならばと、宗介はさらにスパートをかけた。

ずちゅ、ずちゅ、と肉ずれの音が、ＶＩＰ席に響くほどにしこたま連打を繰り返す。

「イッ……イクッ……ああんっ……だめっ……ああんっ」

余裕の顔をしたセレブ熟女が、ついには陥落の言葉を吐こうとしている。

もちろん宗介にも快感が襲いかかってきていた。

志乃の肉襞は生き物のようにギュッと搾ったり、優しく包み込んだりしてくるのだ。気を抜けば射精しそうなところを、必死に唇を噛んでガマンした。

（くうう、気持ちいい……）

そんな興奮を押さえつけながら、ずんずんと子宮を突き上げて、同時に硬くなってきた熟女の乳首を指でいたぶってやる。

「い、いやああ……お願い……もう……もう……イクッ……イカせて……ッ」

志乃がギュッと抱きついてきた。

やはり催淫剤か何かで、感度が上がっているのだろう。狂おしいばかりの腰振りで、宗介のペニスを奥に奥にと引き込もうとしている。

「院長夫人、新薬が欲しいんですよ。教えてくださいっ」

耳元でささやきながら、腰の動きをやめる。

「あああ……」

志乃は泣きそうになりながら、腰を押しつけてきた。みっともないくらいの腰振りだが、それだけ切羽詰まっているんだろう。

「新薬ですよっ」

宗介は叫びながら、志乃の首筋の汗を舐めた。

甘い汗だ。舐めながら乳首をいじっていた手を下ろし、結合部分の上にあるクリトリスを指で転がしてやる。

「い、いやあああ！　お、お願いっ、突いて、突いて、突きまくって！」

「新薬のことを話せば、死ぬほど突いてあげます。あなたたちのことをどうにかしたいなんて気持ちはないんだ。ただホントのことが知りたいだけだ」

宗介は真っ直ぐに見つめた。

志乃が潤んだ瞳で見つめ返してくる。

「ど、どこまで知ってるのかわからないけど……く、薬は楠よ。私はその薬の匂いを嗅いだだけ……」

「匂い……やっぱり匂いなんですね、催淫効果のある匂い」

「そうよ。治療薬は甘い匂いがするの。それが女性フェロモンを活性化させて、エストロゲンを増やすのよ」

エストロゲンは女性ホルモンの一種だ。ドーパミンのような興奮物質で、増やせば性衝動を大きくできる。

「持ってきたのは、打出製薬の古賀ですね」

「くうう、そうよっ……ああ、こ、古賀さんと新堂さんは……それを使って、政治家や官僚をこちら側に引き込もうとしてるの」

よほど効いてるのか、志乃は訊いてない事実までしゃべり出した。

「それを使ってって……なるほど。それと催淫効果は？」

「ガンで治療した政治家たちをつなぎとめておくために……アイドルだか、女優だかをこの催淫の匂いでたぶらかせて、枕をさせるのよ。もちろん古賀さんたちも楽しむんでしょうけど。私もわざと使うのよ、興奮するために……」

ハッとした。

確か北川が東湾に行ったとき、人気アイドルと会っていたと興奮気味に話していた。

「ガンの治療薬は飲ませればガンを治療できる。だけど、その匂いはどんな媚薬よりも遙かに強い催淫効果が出るのよ。身体が疼いてセックスがしたくなる。ほとんどドラッグみたいな効果だけど、副作用はないの……一石二鳥の薬よ。ああんっ、お願いっ、つ、突いて！　おま×こ、突いてぇぇ」

志乃は半狂乱だ。

宗介はもう連打をやめなかった。自分も肉の悦びを味わいながら、熟女の奥をひたすらに突きまくってやるのだった。

第五章　治療薬の正体

1

院長夫人とのセックスで精魂尽き果てたが、休んでいる暇はなかった。

楠が打出で開発中のガンの新薬を持っている。

そして、古賀と新堂が、その新薬から出る催淫効果の匂いを使って、アイドルたちをハメているのもわかった。

（なるほど、ガンを治して枕もあてがって……一石二鳥か……）

話が思わぬところに転がった。

ちなみにこのクラブを院長夫人の志乃に紹介したのも、新堂らしい。

一階に降りると、フロアに北川がいた。

「あ、終わったの？　待ってて、僕も誰かと……」

「アホか。それよりもわかったぞ。やっぱりガンの新薬は存在している。だが、まだ治験中だ。それと古賀と新堂はヤバいことをしてる」

「ヤバいって？」

「新薬から催淫作用のある甘い匂いが出る。それを使って、アイドルだかなんだかをハメて弄んでる。おまえ、東湾でなんか有名なアイドルを見たって言ってたよな」

「うん。遠藤香澄ちゃんに有坂朋子ちゃん」

「もしかしたら、政治家とかの枕にされたかもしれんぞ。脅されてな」

「ええええ……そんなあ……」

北川が固まった。

「そんなの許せない。ぜーったいに捕まえてやる」

今までになく北川が燃えていた。ああ、こいつを本気にさせるのは、この手だと思った。

それにしてもだ。

千夏はいったいどこまでからんでいるんだろう。

彼女が、古賀や新堂の悪事をそのままにしておくわけがない。

（詳しく知らないのか？）

千夏のことがやけに気になってきた。


真夜中だが、あしたば出版に連絡を取ると大迫が出た。

なので、北川とふたりであしたば出版に行った。

「まだいるとは……働き方改革もなんもないですねえ」

北川と一緒に硬いソファに座ると、起きぬけの大迫が、ぬるい缶ビールを渡してくれた。

「だから、このソファの寝心地がいいんやて」

大迫があくびしながら言う。

「もうここに住んだらいいのに」

北川がプルトップを開けて、ビールを喉に流し込む。

「もうちょっと稼げたら、会社の近くにマンションでも借りるんやがなあ。出版社はきついわ。せやけど、なんだかゴシップ記事みたいな展開になってきたなあ。

週刊誌にでも売りつけたらどうや」

プルトップを開けた大迫がビールを喉に流し込む。

「まさかの話ですよ、ホントに」

「なあ、千夏ちゃんは?」

大迫が訊いてくる。やはり考えてることは同じらしい。

宗介は首を振った。

「わかりません。でも、千夏さんが関わってるなら、古賀やら新堂がやってることなんか許さないと思うんですよね」

「せやな。そうすると……知らないのか、それとも口止めでもされているのか」

「どうでしょうね。それは置いておくとして、やはり仮説は当たりましたね」

宗介は説明を続ける。

「とにかく狙った大物議員たちをガンにさせて、東湾に入院させる」

「その辺は、D社の新堂がやるわけやな」

「ええ。面白いことに官僚や政治家の健康診断なんかもD社に丸投げしてまして、そこで健康診断する医師と結託して、狙った議員たちに注射でガンを移植する。それから東湾に入院させて、手術で身体中にガン細胞を散らばらせてステージ4

までわざと悪化させ、それを新薬で治してやる代わりに楠につけと迫る。すべて院長夫人から聞きました」

「面倒な段取りやなあ」

「それだけ慎重にやってるんでしょう。ガンでステージ４になったつらさは俺にはよくわかります。まわりも巻き込んで、もう生きる気力もない。そこに新薬があれば、治験してなくても処方してくれと言います」

「なるほどなあ。んで、その催淫作用は？」

大迫が腕組みして訊いてくる。

「新堂がアイドルやら女優やらに、その匂いを嗅がせて弄ぶんです。催淫作用は今までの媚薬やらドラッグ以上にすさまじく、セックスするだけでなく、隠れた性癖も露わにさせるそうです。縛って欲しいとか、人に見られてすると興奮するとか、そういう類いですね。それを撮影し、アイドルたちには政治家や官僚たちに抱かせる。まあ楠側についた政治家たちにご褒美のアメをやって、ずっとつかせるわけです」

「でもさあ。アイドルをこますことができるなら、その子たち使って枕させて、政治家さんたちを脅迫した方が早くない？」

北川がもっともなことを言った。

宗介は少し考えてから、

「ハニトラじゃ、ネタとして弱いんじゃないか？　このところメディアも忖度してるのか、あんまり政権を強く叩かなくなってるし……ハニトラだけでは引っかけても政治家たちが強気に出て言うこと聞かないのかも」

「最近のメディアはへたれやなあ。でもまあハニトラよりも、ガンの方が言うこと聞きやすそうなのは確かやな。それで楠支援が増えて、一気に理事長交代か」

「困るなあ。パパが偉いお陰で、いろいろ優遇してもらえてるのに」

北川がふくれる。

一応、親の七光りの自覚はあったらしい。

「それでどうするんや。話がでかすぎて、警察なんか持っていけんぞ。証拠ったって……」

「俺は治験が終わってなくても、ガンの治療薬が最優先で欲しいんですが……」

宗介が言うと、

「とはいえ、このままはマズいぞ」

大迫がビールを呷りながら言う。

「そうそう、ウチのパパも大事だよお」

北川も言った。

確かに、クスリが手に入ればいい、というわけにもいかない。犯罪を見過ごせはしない。

「そうですね。さて……どうするか……」

三人で考え込んだ。

「それにしてもだ、新薬ってなかなか承認は通らないですよねえ」

宗介が言うと、大迫が「うんうん」と頷いた。

「治験はどうするのか？　論文は？　各国との駆け引きもある。下手すると十年、いやそれ以上かあ……」

そのとおりだった。

日本において新薬が承認されるまでは、余裕で十年の年月がかかる。

有効性と安全性のテスト。

保福省の承認プロセスと専門家の審査。

さらには各国とのすりあわせや、世論なんかも関係してくるかもしれない。

とにかく日本の承認は遅いし、それに安全性を重要視しすぎるために、承認を出さないことも多いのだ。

「もしかしたら、東湾の院長が認可なしで投与してるのが、正しかったりしてなあ」

大迫がビールを呷りながら極論を言う。

そのことはわかっていた。

つらいガン治療を見ている人間だったら、たとえ認可が下りていない薬でも手を伸ばしてしまうだろう。だからといってそのままにはしておけない。

「とにかく、古賀と新堂をつかまえたいですね。もっと詳しく薬のことを聞きたいし」

「それにアイドルのこともだよ。食い物にするなんて許せない」

北川がやる気になっている。

「それじゃあ、協力してくれ」

宗介が言うと、

「協力って？　僕が？」

と、きょとんとした顔で、自分を指差した。

2

以前、千夏に訊いたことがある。

「もし……ひとりだったら、どこへ行きたい？」

無神経な質問だなと思ったが、彼女は嫌な顔を見せずに、

「陶芸がしたいわ。星がキレイに見える山奥で」

窓を見ながら千夏は答えてくれた。

「古くて色あせた町がいいわ。知らない人ばかりで……夜は物音ひとつしない。毎日が静かに去っていく。そんなところがいいわ」

「仕事をやめるのかい？」

彼女はフッと笑った。

「ええ。特にテレビの仕事はやめたいわ。あれは私じゃないもの。つくられた私。誰かに言われたことをそのまま言うだけ」

彼女はそう言って、宗介にじゃれついてきた。

起き抜けで朝勃ちしていたペニスに指をからめ、優しくしごいてくる。

「昨日したまま寝ちゃったから、汚れているよ」

宗介が言うと、千夏はニコッと優しく微笑んだ。

「じゃあ、汚れているのをキレイにしてあげるわね」

千夏は躊躇なく、乾いた精液や愛液のこびりついた汚れたペニスに顔を近づけて頬張ってきた。

「くううっ……」

いきなりイチモツを咥えられ、宗介は背中をのけぞらせる。

その様子を上目遣いに見た千夏がウフフと笑い、勃起を口からちゅるんと離した。

「起きたばっかりってこんな味なのね……それに匂いもすごいわ……」

妖艶な笑みを浮かべた千夏は目を閉じて、鼻先で亀頭の匂いをくんくんと嗅いでいた。

「ちょっと待って……匂いなんて……」

恥ずかしいから身をよじろうとすると、千夏は宗介の腰をつかみ、唇をすぼめて尿道に残る精液の残滓（ざんし）を吸いあげるがごとく吸引してきた。

「おううっ！」

これがバキュームフェラというやつか。

今までにない愉悦に宗介は目を白黒させていると、さらに千夏はしゃぶりながら、舌先でちろちろと尿道口を刺激してくる。

「ああっ……すごいな……」

あまりの気持ちよさに、目を開けていられなくなってきた。

時々、千夏はやけに積極的に宗介を求めてきた。

普段は受け身のセックスなのに、本当にごくたまに、宗介が驚くほど積極的に身体を求めてくる。

「んふっ、びくびくしてるわ……」

勃起を口から離して、千夏が含み笑いを漏らす。

そうしてもう一度咥えてから、今度は本格的なおしゃぶりに移行した。

じゅぷっ、じゅぷっといやらしい音を立て、激しく顔を前後に振ってくる。

「くっ……ああ……」

気持ちよかった。

あまりによすぎて思わず千夏の後頭部をつかみ、喉の奥まで突き入れてしまった。

「ううむ、うふぅ……」

千夏は涙目で苦しげに呻く。

宗介は慌てて千夏の後頭部から手を離した。

「あ、ご、ごめんっ……気持ちよすぎて、つい……」

謝ると、千夏は勃起を口から離して、けほっ、けほっ、と咳き込んだ。

「だ、大丈夫よ。でも宗介って、ちょっとSっぽいところがあるみたいね」

そう言った千夏の目の下が、ねっとり赤らんでいた。

そのとき確かに見たのは、千夏の目が妖しく光っていたことだ。

「そんなこともないと思うんだけどな……あれ、千夏さんって、もしかして無理矢理されるのが好きだったりして」

軽い冗談のつもりだった。

だが千夏はわずかに顔を強張らせて、

「そんなわけないわ」

と、ちょっと怒ったように言ったので、宗介は慌てた。

「ごめん……」

意外なことで怒るんだなと、そのとき宗介は思った。

千夏はしかし、すぐに機嫌を直してくれて、宗介のたぎったモノをまた咥えこんできた。

「ああ、気持ちいいよ……」

そう言うと、千夏は満足そうな表情をして、黒髪を振り立てながら根元までを口に入れた。

ぷっくりした唇の刺激がたまらなかった。

「おうう……いい、いいよ」

わずかに上体を起こして見れば、千夏の可愛らしい口に自分の性器が出たり入ったりしている。

顔を動かすたび、下垂した形のよい乳房が、ぷるん、ぷるんと揺れている。

千夏は四つん這いの格好で咥えているから、ヒップが物欲しそうにじりじりと揺れているのも見える。

三十二歳の人妻で打出製薬の優秀な研究員。

さらには、テレビのコメンテーターをするような美人である。

そんな才色兼備な女性が、自分のような男を気持ちよくさせようと必死になってくる。

幸福だった。そんな至福が、射精欲をこみ上げさせる。

「くうう、出そうだ……でも、出すなら千夏さんの中に出したいな……」

欲望を伝えると、千夏は咥えたまま頬をバラ色に染めて、勃起を口から離した。

「……いやだ……エッチ……」

「だめ？」

訊くと、千夏は恥ずかしそうにしながら首を横に振る。

その仕草がなんとも可愛らしかった。

たまらず、千夏を今度はベッドの上に仰向けにさせて、大きく足を開かせてから、ヨダレにまみれた肉棒で貫いた。

「ああんっ、朝から……すごく硬いっ……あ、あんっ……いっぱいに広げられて……私、もう……ああっ！」

千夏が一気に艶めかしいヨガリ顔を見せてくる。

興奮しきって、さらに奥まで突き入れると、

「そ、そんな奥まで……んぅぅ、はぁぁ！」

歓喜の声をあげた千夏が、脚を開いたまま腰をうねらせる。

その腰の動きによって、さらに深々と肉竿が埋まり、わずかに動いただけで先

端が千夏の子宮口にこすれてジンとした痺れが襲ってくる。

「た、たまらないよ……」

快美だった。

もう止まらない。

本能のまま腰を揺すった。

「あっ、ダメッ……ン」

激しいストロークに千夏の大きな乳房が弾み、汗が落ちる。

「すごいよ。千夏さんの中、気持ちいい……」

「あンッ……うれしいわ。は、恥ずかしい、けどっ……ああんっ、ああ、ああ

あッ」

夢中になって、ズンズンと打ちつける。

そのたびに千夏の子宮が熱く疼いているような感覚が伝わってくる。

打ち込みながら千夏を見る。

眉をひそめたせつなげな表情が、淫らで美しかった。

しかもだ。

膣がキュッ、キュッ、とペニスを食い締めてくるのがいい。

「くうう。ち、千夏さん……そんなに、おま×こ締めたら……くぅぅ」

「あ、あんっ、エッチ……いやん、そ、そんなことしてないわ……あ、あなたのが大きいのよ。ああんっ……」

千夏が耳まで赤くして、恥ずかしい台詞を吐く。

愛おしかった。

夢中になってストロークしながら前傾し、千夏の唇に顔を寄せる。

するとすぐに唇にむしゃぶりついてきて、舌を激しくからめる深い接吻に変わっていく。

さらに劣情が深まっていく。

もっと突いた。

気持ちよくなって欲しい。

そんな気持ちを込めて打ち込んでいると、

「あんっ……だめっ、ああんっ……いやっ……イキそうっ……」

キスをほどいた千夏が泣き顔で訴えてくる。

ふたりとも朝から汗まみれでとろけ合い、抱きしめて見つめ合う。

「ああ……こっちも出そうだっ……中に、千夏さんの中に……いくよ」

「いいわ……いいのよっ……ああんっ、いっぱいちょうだいっ……お願い、たくさん出してっ……私の中……」

震えるような、エロい台詞だった。

こんな美人が中出しを欲している。

もう一刻もガマンできなくなった。

「く、ああ……俺……イクよっ……あっ……あああ……」

尿道に熱いものが走った瞬間だ。

千夏の中に欲望を、どくっ、どくっ、と注ぎ込んだ。

気持ちよすぎる射精だ。

意識が真っ白くなって、弾け飛んでいくようだった。

「あんっ……いっぱい……熱いのが……ああっ、いっぱい注がれて……私もイクッぅぅ、んうっ」

千夏はアクメしたのか、何度も、ビクン、ビクンと痙攣した。

3

「やっぱり可愛いなあ、希美ちゃん」

クルマの中でモニターを見ながら、後部座席の北川はニヤニヤ笑う。

「まあ可愛いよな。しかしよく引き受けてくれたな」

宗介もモニターを見ながら言う。

「希美ちゃん、正義感強いからねえ。昔から弱い者いじめは許さないってタイプらしかったし」

北川が誇らしげに言う。

「しっかし、ヤンキーには見えへんな。ホントに強いんか？」

助手席の大迫が眼鏡を取り出して、モニターに顔を近づける。

「強いよお。この前も、おっきな男を簡単に撃退したたし」

宗介はモニターの中の希美を見る。

くりっとした目が特徴的な、ショートヘアの似合う可愛い子だ。

ミニスカナースではなく、今は胸の谷間のばっちり見えるキャミソールにショートパンツという、ちょっとギャルっぽい格好だ。

でもよく似合っていて確かに可愛い。

それでもこれが元ヤンというのだから、人は見かけによらないものだ。

モニターの希美が、画面に向かってピースしてきた。

『映ってる？　徹ちゃん』

向こうからの音は聞こえるが、こちらの音は向こうには聞こえない。

とにかく通信機材を最小限にしたのである。

しばらく見ていると、画面が大きく揺れた。

そして今度は、モニターに例の西麻布のクラブのフロアが映った。希美が小型カメラを、打ち合わせ通りにキャミソールに仕込んだからだ。

（頼むぞー）

北川に協力と言ったのは、希美に囮になってもらうことだった。

実は希美は一度新堂たちに声をかけられていたらしい。

そのときは断ったが、おそらくもう一度声をかけてくるに違いない。遊び人というのは気に入った子がいれば何度でも声をかけてくる。

フロアは先日と同じように若い男女がたくさんいて、みな踊っている。

「ホントに今日来るのかなあ」

「院長夫人が言ってたんだ。来るだろ」

楠院長夫人の志乃は、新堂や古賀のやっていることが好きではないから、協力してくれた。自分は男漁りをしているくせに、と思うが、それはまあ置いておこう。

ちなみに宗介たち三人は、クラブの外に停めているクルマの中にいる。小型カメラからの映像と音声をリモートで拾っているのだ。


「おい、ホンマに来たぞ」

大迫が叫んだ。

モニターに新堂が映っている。いかにも遊び人風だ。

その後ろにいる眼鏡の男は古賀だ。

『……これからさあ、スナップも来るから、ＶＩＰで飲もうよ』

モニターの新堂がへらへら笑って、希美をナンパしている。

「うっわー、ちゃらいなあ」

北川が呆れるように言った。

このちゃらんぽらんな男に呆れられるくらい、確かに新堂の誘い方は、いかにも遊び人といった感じである。

だが、これにひっかかる女が多いのも確かだ。

D社の男に誘われたら、人気アイドルだって無碍には断れない。

仕事が欲しいのだ。

その挙げ句が政治家のじじいのお相手というのは、気の毒だが。

『えー、どうしよっかなあ』

希美がなかなかうまい演技を見せる。

『ねえ、行こうよお』

新堂が哀願する。

結局、しつこい新堂に根負けしたという演技をして、希美がふたりについていく。

「よし踏み込むぞ」

宗介は腕まくりをした。

VIP席で新堂たちが薬を使って猥褻行為をしているところに踏み込めば、言い逃れはできない。

単純だが、わかりやすい作戦だ。

ところが……。

「おい、ちょっと待て」

大迫が声をあげた。

クルマから出ようとした宗介は、もう一度モニターを見る。

「あれえ？　ＶＩＰ席に行かないな。どこだろ……あっ、これクラブの駐車場じゃないかなあ」

北川が言う。

暗い中に、何台かクルマが止まっているのが見える。

『あの……どこへ行くんですか？　ＶＩＰ席じゃないんですかあ？』

モニター内の希美の声が、困惑しているのを伝えてくる。

『別のバーでアイドルたちも飲んでるからさ、行こうよ』

モニターの中の新堂がそう言って、黒いミニバンのドアを開ける。希美をミニバンに乗せようとしているのだ。

『えーっ、どうしようかなっ』

希美が困ったような声を出している。

どこかに連れていかれるのはまずい。こっちは尾行が専門ではないのだ。それにカメラの電波が拾える距離も短いのだ。

「これ、絶対に声は届かんのやっけ?」

大迫が言う。

「無理なんですよ。まずいな、まさか別のところに移動するなんて……もし見失ったらヤラれてしまうな」

どうせ女をいたぶるのはＶＩＰ席だろうと高をくっていた。

どうする? このままだと拉致されてしまう。希美が断ればいいのだが、カメラがついているからと安心して乗り込むかも知れない。彼女は電波が拾える距離を知らないのだ。

そのときだ。

希美のキャミソールについているはずの小型カメラが、大きく揺れた。と思ったら、今度はずっとミニバンの天井が映っている。

『よし、出せ』

モニターの中の新堂が、誰かに声をかけた。

クルマの動いている音がする。

「希美ちゃん、乗っちゃったようだな……追いかけるぞ」

宗介はクルマを発信させる。

しばらくして、北川が言った。

「ねえ、希美ちゃんの声がしなくなったんだけど……？」

言われてみれば、さっきから一言も発していない。

そして、画面はずっとミニバンの天井が映っている。先ほどまで希美の動きに合わせて画面が揺れていたのに、おかしい。

「希美ちゃん、昏睡させられてないか？」

大迫がモニターをじっと見ながら言う。

宗介も運転しながら、ちらちらモニターを見る。

確かに希美が動いていない。

北川が手を伸ばしてモニターを揺すってきた。

「た、たいへんだ！　希美ちゃん！　起きて希美ちゃん！」

巨体が揺れるから、ハンドルも揺れた。

「そんなことしても意味ないだろう。ちょっと待て。今、なんとかして追いつくから」

宗介は必死でミニバンを探す。だが、夜の西麻布は交通量が多くて、なかなか前に進まない。

モニターには新堂だけじゃなくて、古賀も映ってる。

『うまくいったな』

『ああ、しかし、上玉だな。前から目ぇつけてたんだよな。どっかのアイドルかな』

「ウチの受付だよーん。僕も初めて見たときピンと来たんだよねえ」

北川がモニターに向かって、胸を張って答える。

「そんなこと言ってる場合か。まずいぞ。あのクスリは催淫効果だけじゃなくて、こんな効果もあるのかよ」

催淫効果だけじゃない。おそらく大量に匂いを嗅がせれば、昏睡もさせることができる。

まさにレイプガスだ。ガン治療薬ができたのもすごいが、こんなヤバいものも偶然できたと思うと怖くなる。

モニターの中のふたりが、寝ている希美に手を伸ばしてきた。

画面が揺れる。

次の瞬間、全景が見えた。

キャミソールを脱がされたから、それについていた小型カメラが、ミニバンの中を映しているのだ。

希美が無防備にフラットな後部座席に横たわっていた。

ぐったりしてまったく動かない。やはり眠らされているように見える。

キャミソールを脱がされて、上半身はピンクのブラジャーだけという、悩ましい格好だ。

「わー、見ちゃダメ」

北川が後ろの席で騒いだ。

「見ないよ。しかし、まずいぞ。くそっ……どこだ？」

宗介は黒いミニバンを必死に探す。

駐車場からの道は一方通行だから、この道にしかいないはずだが……。

「いた！　あれだな」

三台先に黒いミニバンがいた。

「早くっ！　ぶつけてもいいから」

北川がむちゃくちゃなことを言う。

その間にも、モニターの中では不穏な空気が流れている。

寝ている希美を、新堂と古賀が、まるで品定めするようにニヤニヤして見つめているのだ。

『すげえな、いい身体してんな』

『たまんねえぜ』

新堂がイヒヒと下品に笑って、希美の背に手を入れる。

希美のブラのホックを外したらしく、ピンクのブラカップがくたっと緩み、押さえを失った乳房が、ぶるるんっ、とまろび出た。

「わーっ、わーっ！　見るなっ、見ちゃだめだから。目をつぶって！」

後部座席で北川が騒ぐ。

「できるかっ。運転してんだぞ」

見ないようにしようとしたが、見てしまった。

仰向けでも形の崩れない、張りのある若々しい乳房だ。透き通るような薄ピンクの乳首も愛らしかった。

（いいおっぱいしてるな……この雪だるまにはもったいないな……）

そんなことを思ってしまうが、しかし、このままだと希美はふたりに弄ばれてしまう。

黒いミニバンが交差点で左に曲がった。

宗介も曲がる。

そのとき、ふいに思った。

「これ、交差点で止まったときとか、踏み込まない方がいいですよね」

宗介が言うと大迫が頷いた。

「俺もそう思うわ。ここで警察沙汰になっても、薬物でのワイセツ行為でパクられるやろうけど、新薬のことがうやむやになるんとちゃうか」

「えーっ！」

北川が叫んだ。

「そんなのだめだよお」

「いや、ホントにやばかったら踏み込むから」

なんとか北川をなだめて、宗介はそのまま黒いミニバンを追う。

クルマは高速に乗った。

首都高から中央高速に入っていく。

その間にも、新堂と古賀は無意識の希美を弄んでいた。

『へへ、おっぱい、やわらけー』

『こりゃあ、政治家や官僚のじじいに渡すのはもったいねえよ。楠さんも喜ぶだろうなあ』

『院長も好き者だからなあ。今日は真辺くんとヤリまくりだろうけど』

古賀のいきなりの言葉に宗介は固まった。

(千夏さんが……ウソだろ……)

くらっとした。

千夏が……あの楠と……。

ハンドルを握る手に力が入る。

そのとき、思い出した。

クスリによって発情したのは、知っている限り、打出製薬の受付の久美、東湾の女医の冴子、院長夫人の志乃、そして北川医院の受付の希美。

それだけじゃない。

もうひとりいた。

千夏だ。

いつもは積極的ではないのに、たまに目を妖しく光らせながら求めてきたときがあった。

そうか……。あれは、薬のせいだったのだ。

4

黒いミニバンは中央高速を走っていく。

モニターの中の希美が、

『う、ううんっ』

と、眉間にシワを寄せて、かすかな喘ぎ声を漏らした。

「希美ちゃん起きて！」

北川が叫んだ。

しかし、その言葉はモニターの中の希美には届かない。彼女はそのまま寝返りを打つだけだ。

『なんだよ、焦らすなよ』

『寝てても反応ってするんだな』

ふたりは一度手を引っ込めたものの、希美が起きないとわかって、再びぐいぐいとおっぱいを揉みしだく。

『すげえな……柔らかいのに……指を押し返す弾力もたまんねえ』

新堂は興奮した様子で、希美の小さな乳首をキュッと指でつまんだ。

『うっ、うくっ……』

先ほどより激しく希美が身をよじり、感じた声を漏らす。

「くうう、触るなっ……希美ちゃんのおっぱいは僕のものなのに……」

北川が低い声でつぶやいた。

(しかし、どこまで行くんだ)

新堂たちの目的地が気になる。

そしてそれよりも、新堂たちの愛撫が、だんだんイタズラではすまなくなってきたことに焦る。

高速はそれほど混んでいないから尾行は簡単だ。

いざとなったら横につけるか……

しかし、そんなことしたらカーチェイスになりそうだ。

まいったな、と思っていると、モニターのふたりが自分たちのシャツのボタンを外したのが見えた。

『へへ、寝てても乳首おっ立ててるなんて……感じやすいんだなあ、この子』

『寝てるけど、濡れてるんじゃないか？』

新堂と古賀が、顔を見合わせて、いやらしく笑う。

『そりゃあ、見てみるしかねえなあ』

『へへ、素っ裸にしようぜ。もうたまんねえよ。楠さんのところまでガマンしようと思ったけど、一発やっちまうか、とりあえず』

ふたりの言葉に北川が悲鳴をあげ、

「早く！　横につけて」

と指示を出してくる。

宗介は慌ててスピードをあげる。

モニターの中では、新堂が下卑た笑いを漏らしながら、希美のショートパンツに手をかけていた。

（間に合えっ）

一気に加速したそのときだ。

希美がパッと起き上がって、新堂の手をひねりあげた。

『いてててて！』

新堂が悲鳴をあげる。

古賀が呆然と希美を見ていた。

『動かないでよ。折るからね』

希美の雰囲気が変わって、宗介は息を呑んだ。

『次のサービスエリアに入って。へんな動きをすると、まとめてヤッちゃうからね』

受付の際に聞く甘ったるい声と全然違う、希美の低い声に驚いた。

『お、おまえ、何者だよ……薬は？』

新堂が訊く。

『誰でもいいでしょう？　ああ、気持ち悪かった……私ねえ、昔ちょっといろいろあって、薬の効きは悪いのよねえ』

いろいろって、何があったのか……まあ訊かないでおこうと宗介は思った。

「ねっ、強いでしょ？」

北川は一転して鼻高々だ。

サービスエリアの駐車場の一番端に、黒いミニバンが停まった。宗介たちはその横にクルマをつける。

運転手の男が逃げたので、大迫が走って追っていった。

運転していたのは見た感じ、ひょろっとした男だ。東湾の医者か打出の研究員ってところだろう。

ミニバンのスライドドアを開けると、新堂も古賀も、観念していた。

新堂が腕を押さえていた。

古賀は鼻血を垂らしていた。

「脱臼しただけでしょ。そっちは軽くこづいただけ。だらしないねえ」

希美が意気揚々と言い放った。北川がクルマから降りて、希美に駆け寄る。

「大丈夫だった？　希美ちゃん」

北川を見た希美が、ころっと態度を変える。

「徹ちゃーん……怖かったあ」

うそつけと思いつつ、宗介は古賀の胸ぐらをつかんだ。

「全部わかってるからな。新薬はどこだ？」

古賀はぐったりしたまま口を開く。

「クスリは楠院長しか持ってない。俺たちは新薬の匂いを詰めた催淫スプレーを持っているだけだ」

「これから院長のところに行くんだな」

黒いミニバンのカーナビを見た。八王子の住所が入っている。おそらく楠の別荘か何かだろう。

「千夏さんもここにいるんだな」

古賀に訊くと「ああ」と、肯定した。

「彼女も仲間なのか?」

古賀は首を振った。

「いや……違う。真辺くんは偶然、ガンの治療ができる物質を発見しただけだ。彼女は……院長に弱みを握られて……」

古賀はそこで口を閉ざした。

弱み?

怒りが湧いた。

もし想像しているとおりだったら、楠を許さない。

「北川、とりあえず先に行くから。あとから来てくれ」

宗介はカーナビの住所を暗記してから、クルマに乗り込んだ。

5

楠の別荘は八王子の郊外にあった。
住宅地からは少し離れていて、建物のまわりには竹林がある。
数寄屋造りの邸宅で、敷地は広いが建物自体はこぢんまりとしている。深夜で
あるからあたりはシンとしている。
クルマを近くに停めて、歩いていく。
鍵は新堂から奪っているから別に躊躇することはない。
玄関の鍵を開けて中に入る。
（どこだ？）
探していると、奥の部屋で声が聞こえた。
「千夏さんっ」
慌てて中に入る。
（えっ……？）
宗介は目を疑った。

ベッドの上に全裸の楠が座っていて、そのそばに同じく全裸の千夏がいた。千夏の手にナイフのようなものが握られている。

「……宗介……」

千夏がこちらを見た。

そのときだ。

こちらに気を取られた隙に楠が千夏の手からナイフを奪う。千夏の喉にナイフが突きつけられた。

「……まったく油断も隙もないな。まさか……すべて捨てて俺と心中しようとするとはな」

楠が息を荒らげながら、宗介を見た。

「くそ……鈴木……ではなく、三崎とかいったか？　まさか千夏と関係があったとはな、いろいろ動きやがって」

「院長、もう無理だ。あきらめろ。千夏さん、すぐ助けるから」

千夏はため息をついた。

「宗介は……巻き込みたくなかったのに……手を引いてくれれば……これは私が悪いの。私が幕を下ろさないとだめなのよ」

　宗介は目を細める。

「幕を下ろさないとだめって……？」

「あの薬はダメなのよ」

　千夏が言う。

「えっ……？　あんなに大勢が寛解したのに。いずれは画期的な新薬になるんじゃないのか？」

　宗介が言うと、ナイフを持った楠がニヤっと笑った。

「実話なんちゃらは社長に金を積んで、口止めしたはずなんだがなぁ……まぁ内容もずいぶん違うけどな。千夏のつくったあれは誰も治してないぞ」

「なんだと？」

「あれはな、飲めばいったんは寛解したように見える。だが、実はどこかで必ず元に戻ってしまうんだよ。治療薬なんかじゃない。いわばただの延命装置だ」

　そうだったのか。

　千夏の言葉をようやく理解した。

《やってはいけないことを……私が楽になるためにっ》

　あの言葉の意味だ。

「そうか、旦那に……あの薬を」

「違うのよ」

千夏が首を振った。

「違うの。最初は完全寛解できる薬だと思ったの。治験もしてないし、いけないと思いつつも投与した。そうしたら、わずか二カ月で元に戻るどころか悪化してしまった」

千夏が泣きそうな声で告白する。

楠がまたニヤリと笑う。

「古賀は千夏の開発した薬を改良して、五年の間はガンがなくなるようにした。悪魔の薬のできあがりだ。五年だけ苦しいことをすべて忘れられるが、五年後に地獄を見る。それを売り込んできたのは新堂だ」

楠が続ける。

「政治家や官僚は、とにかく生に対する欲が異常だ。だからそれを逆手に取った。狙ったやつにガン細胞を注入し、ステージ４まで育てる。政治家たちはパニックだ。それを治してやると言えば、もうこちらのいいなりだ。もちろん五年で元に戻るなんて言わないさ。完全に治ったと言う。五年後の政治家や官僚なんて知ったこっちゃない」

「なるほどな」

五年だけ……あのつらい抗がん剤治療や、放射線治療をしなくてもいい。だけど、五年後にもっと悪い結果が待っている。なるほど、悪魔のクスリだ。

「なあ、組まないか？」

いきなり、楠が言った。

「何？」

「月刊メディカルのライターだろう？　だったらわかるだろ、医師会と政治家のガチガチの利権を。そんな構造を壊してやる」

「どうせ新しい利権が生まれるだけだ。北川の父親は、それでもまだよくやっている方だ」

「そんなことはない。俺はちゃんと……」

「無理だ。だって古賀と新堂がやっていたことを知っていて、目をつむっていたんだろう？　あんたには無理だ。ここで終わりだ」

「……ちっ」

そのときだ。

千夏が油断していた楠からナイフを奪い、楠に振り下ろした。

「やめろっ……千夏っ！」

宗介が叫んだ。

叫んだのがよかったのか、ナイフが逸れた。慌てて宗介は駆け寄って、放心状態の千夏からナイフを取りあげる。

大迫と北川が入ってきた。

「警察もすぐ来るぞ」

大迫のその言葉に、楠はガクッとその場にしゃがみ込んだ。

「千夏……」

宗介はシーツを剝いで、千夏の身体にかけてやった。

「どうして……楠と……」

千夏は目をふせたまま静かに口を開いた。

「……レイプされたのよ。あんなへんな匂いが出るなんて知らなかった。あれを吸ってしまって……ひどいことをいろいろされたわ。縛られて犯されて……おもちゃも使われた。それを撮影されて……黙ってないと、その動画を拡散すると言われた。闘病中の夫には絶対に見せたくなかった。それにあなたにも……だから……」

千夏は続ける。

「私は自分で片をつけようと思ったの。楠を殺そうと……あのとき……あなたを公園で襲ったのは私が頼んだ人よ。どんな手を使っても、あなたにはやめて欲しかった。ごめんなさい……」

千夏はうなだれて、もう顔をあげることもなかった。

6

名古屋駅からＪＲと私鉄を乗り継ぎ、尾張瀬戸駅に到着した。

ここからはタクシーだ。

調べた場所に間違いがなければ、三十分ほどでつけるだろう。

ロータリーで暇そうにしている運転手に行き先を告げ、宗介は後部座席に座った。

窓の外の流れる町並みを見る。

町のあちこちに、窯場（かまば）の風情が残っていた。

寂れた商店街の中には、古民家風のカフェがあった。

最近、若者が焼き物をしたいと、移り住んでくるらしい。そんなことが旅行のガイド誌に書いてあった。

(せとものか……)

タクシーは市街を抜け、山間を走っていく。

道端にひび割れた陶磁器が積まれているのが、あちこちに見える。

しばらく走ると、小さな家が見えてきた。

タクシーを降りる。

そして木々の生い茂った小径を上がっていく。

トタン屋根の窯場と、木造の家があった。

窯場を覗くと、ジーンズにTシャツの女性がいた。

(懐かしいな……)

以前、千夏はそんな格好ばかりだった。

だが、そんなラフな格好こそが、千夏によく似合う。

作業をしていた千夏は、気配を感じたのか振り返った。

「……宗介」

「悪い、いきなり……場所がわかったから、どうしても来たくて」

千夏は手袋を外してから、こちらに歩いてきた。

「……どうして……奥様は？」

「別れた」

「え？」

千夏が目を大きく見開いた。

「そんな……最期までって……」

「もちろんそのつもりだったさ。だけど……あの薬……俺がひとつだけちょろまかしたあの薬を典子に見せた。すべて話したよ。治験もやってない、五年だけ楽になれるが、その先は地獄の薬だって」

そこまで話して、ため息をついてから続けた。

「すべて包み隠さずに典子に話した。そうしたら……私は薬を飲んで、そして俺と別れたいと言った」

あのあと……ガンの治療薬、というか一時的に症状を抑える薬は、結局世に出ることがなかった。

政府判断だったらしい。

反響が大きすぎるだろうという予測だ。

だが、あの薬が無駄になったかというと、そうではない。

あの薬を元に、今度はきちんとした治療薬の開発が進められている。

そして……。

千夏の旦那は、すぐに亡くなった。

そのあとだ。

千夏は打出製薬を辞めて、行方をくらませてしまった。

宗介に一言も残さずに、だ。

「だけど……陶芸のことが頭に残っていたんだ。だからそれを元に、各地を探して回った」

「……簡単じゃなかったでしょう?」

千夏が微笑んだ。

「ああ。死ぬほど苦労したよ」

千夏はふいにあたりを見てから、まっすぐに宗介を見つめてきた。

「奥様はあなたのことが好きだったのね」

「……そうかな」

「そうよ。あなたには自由でいて欲しかったのよ。だから別れましょうと言ったのよ」

なんとなくだが、宗介もそう思っていた。

もしかすると、典子は千夏のことも知っていたのかもしれない。それでも、別れようと言ってくれたのだ。

「俺にもできるかな」

陶芸の道具を見ながら、宗介が言う。

「どうかしら」

千夏は首をかしげた。

＊本作品は書下しです。文中に登場する団体、個人、行為などは
すべてフィクションであり、実在のものとは一切関係ありません。

◉新人作品**大募集**◉

マドンナメイト編集部では、意欲あふれる新人作品を常時募集しております。採用された作品は、本人通知のうえ当文庫より出版されることになります。

【応募要項】 未発表作品に限る。四〇〇字詰原稿用紙換算で三〇〇枚以上四〇〇枚以内。必ず梗概をお書き添えのうえ、名前・住所・電話番号を明記してお送り下さい。なお、採否にかかわらず原稿は返却いたしません。また、電話でのお問い合せはご遠慮下さい。

【送付先】 〒一〇一‐八四〇五 東京都千代田区神田三崎町二‐一八‐一一 マドンナ社編集部 新人作品募集係

淫ら人妻研究員（みだらひとづまけんきゅういん）

二〇二三年 二月 十日 初版発行

著者◉桜井真琴【さくらい・まこと】

発行◉マドンナ社

発売◉二見書房 東京都千代田区神田三崎町二‐一八‐一一

電話 〇三‐三五一五‐二三一一（代表）

郵便振替 〇〇一七〇‐四‐二六三九

印刷◉株式会社堀内印刷所 製本◉株式会社村上製本所 落丁・乱丁本はお取替えいたします。定価は、カバーに表示してあります。

ISBN978-4-576-23005-4 ◉Printed in Japan ◉©M.Sakurai 2023